異世界ゆるり紀行 15

〜子育てしながら冒険者します〜

Minazuki Shizuru
水無月静琉

登場人物
CHARACTER
タクミ・カヤノ
異世界に風神の眷属として
転生した本作の主人公。
アレンとエレナの保護者。
ボルト
タクミの契約獣となった
サンダーホーク。
ラジアン
タクミの契約獣となった
グリフォン。
フィート
タクミの契約獣となった
飛天虎。小型にもなれる。
マイル
タクミの契約獣となった
フォレストラット。

ベクトル
タクミの契約獣となった
スカーレットキングレオ。
小型にもなれる。
エレナ
水神の子で、タクミに
保護された少女。
格闘術が得意。
アレン
水神の子で、妹・エレナと
ともにタクミに保護された
少年。格闘術が得意。
ジュール
タクミの契約獣となった
フェンリル。小型にもなれる。

第一章　新たな出会いをしよう。

僕は茅野巧《かやのたくみ》。エーテルディアという世界の神様の一人、風神シルフィリール――シルの力によって転生した元日本人だ。

何故、転生したかというと……シルが起こしたうっかり事故で、予定外に僕が死んでしまったからだ。そして、責任を感じたシルが僕を転生させてくれたのだ。それも、自分の眷属《けんぞく》としてね。

そうしてやって来たエーテルディア。気がついた時にいたのは、ガヤの森という危険な森の中だった。

そこで、名もない双子の子供と出会い、放って置けずにアレンとエレナと名づけ、自分の弟妹《きょうだい》として一緒に過ごすことにした。その後、二人が水神様の子供だということが判明したが、水神様からは音沙汰《おとさた》がないので、僕達はそのまま一緒に気ままな冒険者暮らしをしている。

そして、あれよあれよというちに、この世界にやって来て二回目の新年を迎えた。

「アレン、エレナ、行くよ～」

「「は～い」」

つい先日、七歳になったばかりのアレンとエレナは、しばらくはルーウェン邸《てい》で大人しくしていた。

だが、新年を迎えてすぐに遊びに行きたいと騒ぎだした。

そのため、本日は冒険者ギルドに行って、軽い依頼を受けることにした。

「「ギルド～♪　ギルド～♪」」

二人はご機嫌《きげん》に歌っている。それも、手を繋《つな》いでスキップしながらね。

「仲が良いな～」

「「なかがいい、ダメー？」」

「駄目《だめ》じゃないよ。そのままずっと仲良くして」

「「うん！」」

大きくなっても仲が良いままだといいな。

というか、反抗期とかになったら僕へのダメージが凄《すご》いことになりそうなので、素直なまま成長してほしいものだ。

「「ん～？」」

冒険者ギルドに入ってすぐ、アレンとエレナがとある女性の冒険者を――じぃ～……と見つめた。

「「へびー？」」

「よくわかったね」

「「おぉ～、へびだ！」」

その女性の腕には白い装飾品が着けられているように見えたが、それは装飾品ではなく白ヘビだったようだ。ということは、彼女はテイマーかな？

「怖くないかい？」

すると、僕達の視線に気がついて、その女性冒険者が話し掛けてきた。

「「だいじょうぶ！」」

「ふふっ、そうかい。大の大人でも怖がる者が多いんだがな～」

「かわいいよ？」

「さわってもいい？」

首を傾《かし》げる子供達に、女性冒険者は頷《うなず》く。

「構わないよ。撫《な》でてやってくれ。あ、私はアーヤ。この子はキルティだよ」

「アレンはアレン！」

「エレナはエレナ！」

「双子かい？」

「「うん！」」

アレンとエレナはあっという間に女性冒険者――アーヤさんと仲良くなっていた。

「「あっ！　こんにちは！」」

「はい、こんにちは」

「「しつれいします！」」

「ふふっ、礼儀《れいぎ》の良い子だね。どうぞ」

そして、忘れていた……とばかりに急いで挨拶《あいさつ》すると、白ヘビ――キルティを撫で始める。

そんな双子を見ながら、アーヤさんが僕に話し掛けてきた。

「この子達の兄さんかい？」

「あ、はい。初めまして、タクミと申します」

「キルティは無闇《むやみ》に人を害さないから、安心してくれ」

「ご丁寧《ていねい》にありがとうございます。うちの子達が突然無理を言ってすみません」

「私はキルティのことを可愛いと思っているが、どうしても苦手だと言う者のほうが多いんだ。だから、こんなに臆《おく》さないでくれるなら、逆に嬉《うれ》しいくらいだよ」

まあ、爬虫類《はちゅうるい》は苦手に思う者も結構な割合でいるだろうしな。

「その子は……ヘルスネイクですか？　凄いですね」

ヘルスネイクは、Bランクだったかな？　小さいが、猛毒《もうどく》を持っているヘビの魔物だ。

そんな魔物を捕獲《ほかく》するなんて、かなり難しいだろう。

「運よく生まれたばかりの頃に出会ってね」

「なるほど。でも、最初は運でも、そこまで懐いているのはアーヤさんが可愛がっているからですよ」

しっかりと懐いているので、刷《す》り込みだけっていうことはないだろう。

「アーヤ、ちょっといいかし——あら？」

「あ、マイラか、すまん。ちょっと待ってくれ！」

「何か問題が……というわけではないのですね？」

「問題はない。キルティを紹介しているだけだ」

アーヤさんの仲間らしき女性がやって来ると、アーヤさんとうちの子達を交互に見て、目をぱちくりさせていた。

「その子達、キルティを怖がっていないのね」

「そうなんだよ！　可愛いって言ってくれたんだ！」

アーヤさんは満面の笑みだ。余程、キルティを褒《ほ》められたことが嬉しかったのだろう。

「マイラ～」

「アーヤさんはいました？」

「エリー、マドリカ、こっちよ」

さらに二人の女性がやって来る。

「ああ、兄さん。彼女達は私と『ソレイユ』というパーティを組んでいる三人だ。最初に来たのがマイラ、後ろの二人はエリーとマドリカだ」

僕の表情が訝《いぶか》しげなものに見えたのか、アーヤさんが慌てて仲間を紹介してくれる。

「えっと、タクミと申します。その子達の兄です」

「……タクミ？　そして、双子……あっ！　ここのギルドの有名人！」

「うぇ!?　何ですか、それは！」

エリーさん？　マドリカさん？　どちらかはわからないが、突然僕のことを指差し、訳のわからないことを言い出してきた。

「青髪《あおがみ》の双子を連れたタクミって人物は、『刹那《せつな》』と呼ばれるAランクの冒険者だって聞きましたよ！　うわっ！　凄い！　本当に若い！」

「まあ、エリーさん、それは本当なの？」

「本当だよ、マドリカ。ここを拠点にしている冒険者達に聞いたんだから！」

訳のわからないことを言い出したほうがエリーさんのようだ。

話の内容は……噂《うわさ》の類《たぐい》かな？　冒険者達が僕のことを話していて、それを聞いたんだと思うが……こうやって面と向かって叫《さけ》ばれたのは初めてだ。

すると、アーヤさんがそんなエリーさんを咎《とが》めるように言う。

「エリー、タクミさんに失礼よ。指を差さないの！」

「あ、ごめんなさい」

「タクミさん、うちのメンバーが失礼なことをしてすみません」

「い、いえ……」

叫ばれたことにも驚いたが、僕が子供達にするような注意をされていることのほうが驚いたかもしれない。

「若いのにAランクって聞いていたけど、思っていた以上に若くて驚いてしまったのよ」

「あ～、それはまあそうかもしれませんね～」

エリーさんがそう言うのもわからなくはない。ランクはコツコツ上げるものなので、僕のような年代でAランクになる人は少ないだろうしな～。

「エリー、本当に気をつけなさいよ」

「ごめんなさ～い。それにしても……子供達もなかなかな胆力《たんりょく》の持ち主だって聞いていたんだけど、それも本当のことだったみたいね。キルティを平気で撫でる子供なんてそうはいないわ」

キルティを撫でる子供達を見て、エリーさんだけでなく、マイラさんとマドリカさんも苦笑している。

「あの子達は、どんな生きものも好きなほうだと思うので」

敵意さえなければ、どんな種類の生きものでも仲良くなる可能性はある。

逆を言えば、どんなに見た目が可愛い子でも、敵意があれば絶対に仲良くならないだろう。

「『ソレイユ』の皆さんは、どこか別の街から来たんですよね？」

僕もここが拠点というわけではないので、拠点にしている冒険者の顔を全部知っているわけではない。だが、女性だけのパーティは印象に残るし、話題にも上りやすいはずで、耳にしたことがないってことは、他所《よそ》の街から来たパーティなのだろう。

「ええ、そうです。私達はクレタ国の王都が拠点。ここへは護衛依頼で来ています」

質問してみたら、代表してマイラさんが答えてくれた。

先ほどのやりとりを見る限り、しっかり者っぽいマイラさんが『ソレイユ』のリーダーかな？

「へぇ～、クレタ国からですか」

クレタ国といえば、双子王子やグリフォンのことを思い出すな～。そういえば、生まれたグリフォンの子供は元気に育っているだろうか？

「ほら、アーヤ、そろそろ依頼を探しに行きますわよ。リーダーなのだから、しっかりなさい」

すると、マイラさんが意外な言葉を口にした。

「……あれ？」

「タクミさん、どうなされましたか？」

「いえ……勝手にマイラさんがリーダーだと思い込んでいて、少し驚いただけです。すみません」

リーダーはどうやらアーヤさんだったようだ。

「ああ、そういうことですの。謝らなくても構いませんわ。実力はアーヤが一番ですので、リーダーをさせています。私はどちらかというと参謀《さんぼう》。あとはお財布《さいふ》係ですね」

「……お財布係」

「うちはお小遣《こづか》い制なんです」

「それはまた珍《めずら》しいですね」

パーティの場合は、経費分を除いて残りの依頼料を等分したりするものだ。

「でないと、三人ともいつの間にかに全財産を使ってしまうので」

「全財産!?」

「そうなんです。アーヤは武具や魔道具、エリーは主に食べもの、マドリカは薬関係。すぐに興味が出たものを購入してしまうんです。なので、強制的に預金分を徴収《ちょうしゅう》して、残りをお小遣いとして渡すんです」

「……」

……お小遣い制か。アレンとエレナと似たような感じだな～……と思ったことは間違っても口に出せなかった。

「マイラさんが信頼されている証拠ですね」

しかし、お小遣い制というのは、僕と子供達みたいな関係なら簡単に成り立つが、家族でもない大人同士だとわりと難しいと思う。

信頼がないと成り立たないよな～。

「そうね。付き合いが長いのもありますけれど、私の実家が商会だっていうのも大きいのでしょうね」

「え、商会の方なんですか？　あれ、でも、それが信頼とどういう関係があるんですか？」

「一応、クレタ国では名の通った商会ですの。そして、私がそこの者というのはクレタの冒険者ギルドではわりと周知されています。ですから、私が下手なことをしますと、多少なりとも商会にも影響されると思いますの」

「ああ、なるほど……」

後ろ盾への影響か～。縁者《えんじゃ》が金銭トラブルを起こした、なんて話が出たら間違いなく問題になるし、後ろ盾が有名であればあるほど大きなダメージになるだろう。

僕が問題を起こした場合も、後見であるルーウェン家やリスナー家に関わってくるってことだよな～。迷惑がかからないように気をつけよう。

「商会のことがなくても、私はマイラのことを信頼しているぞ！」

「ふふっ、ありがとうございます。アーヤ」

良い信頼関係を築けているパーティのようだ。

「「おにぃちゃん、おにぃちゃん」」

「ん？　どうした？」

存分にキルティを撫でて満足していた子供達が、くいくいと僕の服を引きながら呼びかけてくる。

「ジュールたちを」

「キルティに」

「「しょうかいしたい！」」

「……あ～」

どうやら僕の契約獣達をキルティに紹介したいようだ。

「キルティに誰を紹介したいって？」

「実は……僕も契約している子がいるんですが……」

「そうなのか⁉　契約っていうことは、そうか！　今は影に控えているんだな！」

僕が言い淀《よど》んでいると、アーヤさんははっとした様子で僕の影を見つめる。

「ただ、あまり人前で連れて歩いていないんですよ」

「私も会ってみたいが、それならここでは無理だよな～」

「「だめー？」」

「絶対に駄目ってわけじゃないけど……騒ぎになるのは嫌だな～」

「「それはやだね～」」

アレンとエレナが腕を組んで、〝う～ん〟と唸《うな》るように悩《なや》む。

「みなさんはこれから依頼ですか？」

「ん？　ああ、そうだよ。私達はマイラの実家、オルバータ商会の護衛で来たんだけどね。商会の用件が終わるまでは自由にしていて良いってことになっているんで、この国の依頼を確認しがてら軽いものを受けようって話をしていたんだ。――はっ！　兄さん達も依頼を受けに来たんだよな？」

「はい、そうです」

「それなら、一緒に依頼を受ければいいじゃないか！　郊外なら従魔を紹介してくれるんだよな？」

「「おぉ～」」

アーヤさんが閃《ひらめ》いたとばかりに、晴れやかな表情をする。

アレンとエレナも〝その手があったか〟と感嘆《かんたん》の声を上げた。

「マイラ、いいか？」

「アーヤ、落ち着きなさい」

「駄目か？」

「私達のことよりも、まずはタクミさんのほうの了承《りょうしょう》を得ないと駄目ですわよ」

「あ、そうか！　――兄さん！」

マイラさんの言葉を聞いて、アーヤさんが僕のほうをじぃ～……と見つめてくる。

「「いらい、いっしょにいきたい！」」

アレンとエレナはキラキラした目で見上げてくる。

「わかった、わかった。――この通り、僕達のほうは歓迎です」

「アーヤは賛成ね。エリーとマドリカも……良いみたいね。――タクミさん、是非《ぜひ》ご一緒させてください」

マイラさんは仲間がしっかりと頷くのを確認し、にっこりと微笑《ほほえ》みながら合同依頼を承諾《しょうだく》してくれた。

「「わ～い」」

「おねぇちゃん」

「いらい、なににするー？」

「そうだな～。――マイラは先に依頼を見てきたんだよな？　何か良い依頼はなかったか？」

子供達とアーヤさんは、すぐさま受ける依頼について話し出す。

「私達はBランクパーティです。失礼ですが、タクミさん達のパーティランクは何かしら？　それによっても受けられる依頼が変わってきますわ」

「僕達はCランクです」

「……あら？」

「「えっ⁉」」

僕達のパーティランクを聞いて、『ソレイユ』の皆さんは驚いたように声を上げた。

僕がAランクだと知っていても、子供達とパーティを組んでいるので、もっと低いランクだと思うのが普通だ。それで驚いたのだろう。

「え、まさか、この子達……Cランクなのですか？」

「ええ、そうです」

「えぇ～～～、わ、私と一緒なんですか～……」

子供達のランクを知ると、マドリカさんががっくりと項垂《うなだ》れていた。どうやら彼女はCランクのようだ。

ショックを受けているのはマドリカさんだけだし、パーティのランク的に他の三人はBランクなのだろう。

「凄いな！」

「「すごい？」」

「ああ、その年でCランクは凄い」

「「えへへ～」」

アーヤさんに褒められて、アレンとエレナは照れていた。

「えっと……僕が言うのもなんですが、うちの子達は規格外だと思うので気にしないでください」

「うぅ……」

「マドリカは筆記試験のほうは問題ないのですが、少々戦闘に課題があるんですよ。Cランクになる時でもギリギリでしたの」

「Bランクに上がるには、さらに個々の戦闘能力が求められますもんね」

試験を受けたわけではないので詳《くわ》しいことはわからないが、Cよりも上のランクになるためには、試験官付きでの魔物討伐というものがあったはずだ。その試験が合格できないんだな。

「マドリカは回復魔法のほうが得意だからな～」

「ああ、なるほど。でも、パーティとしては回復手段を持つ方がいると、安心ですよね～」

「そうだな。戦闘のほうは私が補うことができるから、マドリカのランクがCのままだろうと問題はないんだ。だが、マドリカ本人が気にしてな～」

マドリカさんは支援系の冒険者のようだ。それなら戦闘が不得意でも仕方がない。

だけど、自分だけ下のランクだと、負い目に感じてしまうのかな？

「兄さん、一緒に行動した時、何か気づいたことがあったら助言してやってくれないか？」

「ええ、構わないですよ。お役に立てるかわかりませんが」

まあ、合同依頼をしている最中に何か気づくことがあれば、アドバイスはしよう。

ただ、これはマドリカさんの心次第のような気がするんだよな～。

「それよりも、アーヤさん。〝兄さん〟じゃなくてタクミって呼んでもらえません？　僕のほうが年下っぽい……年下ですよね？」

「あ、ごめん、ごめん。そうだよな。悪かったよ、タクミ。でもな、私は特に気にしないが、女性に年齢の話題は気をつけたほうがいいぞ」

「……はい、すみません」

たぶん、二十代半ばだろうと思われるアーヤさんに〝兄さん〟と呼ばれるのは微妙に感じたので、呼び方を訂正《ていせい》してもらった。

その時、アーヤさんはあっけらかんとしていたが、マイラさんのほうから鋭い視線が飛んできたので、僕は思わず身を固くしてしまった。

◇◇◇

結局、『ソレイユ』との合同依頼は、いくつかの薬草の採取依頼を受けることにした。

「「おにぃちゃん、ここならいい？」」

「うん、この辺まで来たら大丈夫だな。――おいで」

街から離れたところで、僕はジュール達を呼び出した。

「「「わぁ～……………ええっ!?」」」

『ソレイユ』の皆さんは、小さなフェンリルのジュールと飛天虎《ひてんこ》のフィート、フォレストラットのマイルを見たところまでは感嘆の声を上げていたが、サンダーホークのボルトを見て黙り込んでしまい、最後にスカーレットキングレオのベクトルを見て驚きの声を上げていた。

やはり、小さくなっていてもスカーレットキングレオは誤魔化《ごまか》せないってことだな。

「タ、タクミ、え、従魔？　ほ、本当に？」

アーヤさんがベクトルに対して警戒するようにしながら尋ねてくる。

キルティも小さな声で『シャーッ』と鳴いている。ん？　泣いているわけじゃないよな？

「大丈夫ですよ。みんな、うちの子です」
「『みんな、やさしいこだよ～』」
まあ、言葉で何を言われても、受け入れられるかは別問題かな？
とりあえず、しばらく待ってみることにしよう。
《お兄ちゃん、今日は他の人もいるんだね？　仕事？》
「うん。一人、テイマーの人がいて、アレンとエレナがその人の従魔と仲良くなったんだよ。それで、二人がみんなを紹介したいって」
《あ、本当だ。あれは……ヘルスネイクだね》
《真っ白い綺麗《きれい》な子ね。でも、ちょっと私達のことを怖がっているのかしら？》
ジュールが今どういう状況なのか確認してきたので、僕は説明しながらジュールとフィートを抱き上げる。『ソレイユ』の皆さんに向けて、二匹をしっかりと確保していますよ～……という意味合いも込めてね。
《じゃあ、まだ近づかないほうがいいですね》
《わたしは大丈夫だと思うけど、みんなは止めたほうがいいの！》
すると、ボルトとマイルもそれぞれ僕の肩の上にやって来る。
とりあえず、僕の近くにいたほうが良いと感じたようだ。
「ベクトルは……大丈夫だな」

あとはベクトルをどうするかな～と思ったが、伏せたベクトルの上にアレンとエレナが乗っていた。

「……凄く大人しい子達だな」

「ええ、利口な子達ですね。でも、魔物相手だと容赦《ようしゃ》がないので、大人しいとはまた違うかな？」

どちらかといえば活動的な子達ばかりなので、大人しいとは言い難《がた》いけどな～と思いつつ、アーヤさんの言葉に頷く。

「三匹はまだ子供だろう？　それでももう活発的なのか」

「あ、その三匹は【縮小化】スキルで小さくなっているだけで、子供ではないんですよ」

「っ!!　全員成獣なのか！　え、ちょっと待ってくれ！　そうなると、私が仔犬《こいぬ》と仔猫だと思っているその二匹は……」

「フェンリル！」

「ひてんこ！」

「っ！」

アーヤさんが恐る恐るジュールとフィートの種族を聞いてきたのに対して、アレンとエレナがあっさりすっぱりと返答する。

すると、アーヤさんは息を呑《の》み、見事に硬直《こうちょく》してしまっていた。

「……す」

「す？」

「凄い、凄い！　凄いよ、タクミ！　Sランクが三体だなんて！　凄すぎるよ！」

アーヤさんは驚きか恐怖で固まっているかと思いきや、頬を紅潮《こうちょう》させ、興奮しながら絶賛してくる。

「大丈夫だ！」

「いいですけど……大丈夫ですか？」

「そうですか……――ジュール、フィート、ベクトル、大きくなって見せてあげてくれるか？」

《いいよ～》

《もちろんよ》

「元の姿を見せてくれないか！」

《わかった～》

ジュール、フィート、ベクトルの三匹に元の姿に戻ってもらう。

「おぉ！　かっ、格好良《かっこい》い」

そんな三匹を見て、アーヤさんは目を輝かせていた。

どうやら、テイマーなだけあって、アーヤさんは動物好きのようだ。

「な、撫でてもいいかな？」

《じゃあ、まずはボクのことを撫でてみる？》

ジュールが了承するようにアーヤさんに近づいていく。

「うわぁ～～～。凄いな～～～」

《ふかふかでしょう？》

「そうだな。凄くふかふかだ」

アーヤさんの言葉を聞いて、ジュールが誇《ほこ》らしげに胸を張る。しかも、自然にジュールと会話をしているではないか。

そういえば、ルーウェン邸ではすぐに馴染《なじ》んだので忘れていたが、ジュール達の【念話】スキルの熟練度が上がって、僕達以外とも会話可能になったのだった。

一応、外というか、他者に対しては会話を控《ひか》えていたのだが……すっかり警戒心を取っ払ってしまったんだな。アーヤさん達は良い人達のようなので、まあいいけどね。

「アーヤおねぇちゃん」

「ベクトルもさわってみる？」

「「ちょっとごわごわだけど！」」

アレンとエレナがベクトルをからかいつつ、アーヤさんにベクトルを触るようにすすめる。

《アレン、エレナ!?　ごわごわは言わない約束でしょう！》

「「やくそくしてない！」」

ベクトルは自分の毛が剛毛《ごうもう》なことを少し気にしているようなので、若干涙目《なみだめ》になっていた。

「アレン、エレナ、毛質のことでベクトルをからかうのはもう止めよう。可哀想《かわいそう》だろう？」

「「えぇ～」」

ベクトル自身がコンプレックスに感じていることをからかうのは良くないと思ったので、子供達に止めるように言ったが、二人は納得しない。

するとアーヤさんが助け舟を出してくれた。

「固い毛質は、身を守ることに長けている証拠だ。これはな、刃物なんかは簡単に通らないってことなんだぞ～」

「「そうなの？」」

「そうだぞ。凄いことだぞ～」

「「おぉ～、ベクトル、すごいんだ！」」

すると、ベクトルは得意げな顔をする。

《そうなんだよ！　オレ、ナイフとかでは絶対に傷つかないのはこの毛のお蔭《かげ》なんだよ！》

「「そっか～。ベクトル、ごめんね。もうごわごわ、いわない」」

《本当!?　もう言わないでね！　――うぅ～、このテイマーさん、良い人！　アレンとエレナを説得した～～～》

なるほど、ただ止めろと言うだけでは駄目だが、どうしてこういう毛質なのかを説明すると子供達も納得するのか。

「アーヤさん、ありがとうございます」

「私は知っている事実を言っただけだよ」

ベクトルはすっかりアーヤさんに懐いたのか、小さな姿に戻ると頭をぐりぐり押しつけていた。

大きい姿じゃなくて、小さくなってくれて良かったよ。大きいままだと、アーヤさんを潰《つぶ》しかねないからな！

「おっ、なんだなんだ？」

「懐いたみたいですね」

「おぉ、そうか！　それは嬉しいな！」

アーヤさんはわしゃわしゃとベクトルを撫で始める。

《あ〜、そこそこ。そこ、気持ちいい》

「ん？　ここか？」

《あ〜……》

すると、よほど気持ちが良いのか、ベクトルがうっとりし始める。

「アーヤは馴染むのが早いわよ」

「本当ですね」

「まあ、アーヤは動物好きだもんね〜」

マイラさん、マドリカさん、エリーさんは呆《あき》れたようにアーヤさんの行動を眺《なが》めていた。

「いや、だって、どの子も可愛いじゃないか！」

「そう断言できるのが、アーヤらしいわ。――タクミさん、時間を掛《か》けてしまってごめんなさいね。もう落ち着きましたわ」

「いえ、こちらこそ驚かせてしまってすみません。えっと……このまま依頼続行で大丈夫ですか？紹介もできたので、影に戻ってもらうこともできますよ？」

僕の提案に、『ソレイユ』の皆さんは首を横に振る。

「一緒で大丈夫ですよ。これでもテイマーの仲間ですからね。ただ、種族が大物ばかりでしたから、すぐに動けなかっただけですわ」

「そうそう。これだけ凄い子達と一緒に依頼できるなんて、こんな貴重な体験、滅多にできることじゃないし、絶対に逃しちゃいけないよね～」

「確かにそうね。そう思うと、わくわくしてきますわ」

アーヤさんだけでなく、マイラさん達もジュール達に慣れてくれたようだ。

「「みんな、いっしょ～」」

《何だか、今日は賑《にぎ》やかな依頼になりそうだね～》

《あら、私達はいつも賑やかよ？》

《そうですね。ぼく達はいつも賑やかに過ごしています》

《じゃあ、いつも以上にわいわいするの！》

話は決まり、僕達は薬草探しを開始することにした。

そうして始まった薬草探しは、とても順調に進んだ。

《あ、ここにリリエ草があるよ～》

《こっちにもあるわね～》

「オジギそうがあったよ～」

「ポポそうもあったの～」

ジュールやフィート、子供達はどんどんといろんな薬草を見つけて採取し、僕のところへと届けに来る。

《あ、グレイウルフだ。倒してくる～》

ベクトルは魔物を見つけるといつものように颯爽《さっそう》と駆け出して行き、あっさり倒すと獲物を引きずって戻ってくる。

《兄上、こっちにユズユの実が生っています》

《タクミ兄、エナ草も生えているの！》

ボルトとマイルは果実や野菜を見つけて、たっぷりと収穫して戻ってくる。

「楽だな」

「……そうね、楽ね」

「とても楽ね」

「うん、楽だわ」

『ソレイユ』の皆さんは、呆然《ぼうぜん》としながら子供達の動きを目で追っていた。

「私達、ただの散歩になっているな～」

「本当にね。これでいいのかしら？」

「まあ、大人として駄目でしょうね～」

「だけど、まったくもって出番がないんだよね～」

「……ははは～」

僕を含め、『ソレイユ』の皆さんが動くまでもなく、採取も魔物討伐も子供達の働きで終わってしまうのだ。

僕としてはいつもの光景だが、やっぱり大人として駄目だという意見を聞くと、心にぐさぐさと何かが刺《さ》さる。やはり、今後は改善が必須《ひっす》だな。

「しかし……凄い魔物を従魔にすると、これほど依頼が捗《はかど》るんだな～」

『…………シュ～』

「いやいや、キルティも凄いし、いつも助かっているぞ！　落ち込むことはないぞ！」

「今のは、アーヤの失言ね。キルティが可哀想」

「マイラ、何を言うんだ！　私はキルティのことは可愛いと思っているし、とっても助けられていると感じている！　それとは別で、タクミの従魔が凄すぎるっていう話をしているんだ！　あれは別格すぎるだろう⁉」

アーヤさんは、ただただジュール達の出来を褒めてくれたのだろうけれど、キルティからしたら比べられた感じがしたのだろう。

「キルティ……ヘルスネイクの牙には、猛毒があるんですよね？」

「ああ、かなり強力な麻痺毒《まひどく》だぞ。殺傷性《さっしょうせい》はないが、咬《か》んで数分で意識を失うな」

「数分ですか。それは強力ですね」

「そうなんだよ！　しかもな、ヘルスネイクの麻痺毒は、数時間で効果が消えるから、食肉にも影響がないんだ！」

ヘルスネイクの毒が猛毒だということは知っていたが、それが麻痺毒だということは知らなかったな～。それも、食用の肉が駄目にならないとは凄い。

……でも、毒が消えてなくなるとはいえ、一回毒に侵されたものって……嫌がる人は一定数いるんじゃないかな？

「キルティが魔物を麻痺させたところを仕留めて確保した肉は、普通に売れるんですか？」

「ああ、それは大丈夫だ。ギルド側もしっかりと鑑定して、肉の状態を確認するしな！」

「へぇ～、それならキルティの毒は便利ですね」

もともとヘルスネイクという種族が、獲物を生きたまま確保して食料にするために、そういう毒を持つことになったってことかな。死んでしまうような毒だったら、狩った側も食料にできなそうだしな。

「なになに？」

「なんのはなしー？」

「ん？　キルティの牙の毒は便利だな～っていう話をしていたんだよ」

アレンとエレナが籠《かご》にたっぷりと薬草を入れて戻ってきた。

「「キルティのどく？」」

「うん、凄いんだよ。魔物を数分で動けなくさせちゃうんだって」

「「おぉ～、キルティ、すごい！」」

『……シュ～』

子供達に褒められて嬉しかったのか、キルティの尻尾がパタパタと揺れている。

『シュ、シュ、シュ～』

「「え、いいの？」」

『シュ～～～』

アレンとエレナがキルティと会話？　しているようだ。

「えっと……アレン、エレナ？　キルティは何て言っているんだい？」

「あのね、まものをね」

「たおしてみせてくれるって」
「え、そうなの？」
キルティと本当に会話していたようだ。
僕には鳴き声にしか聞こえなかったんだけどな～。
《何なに？　キルティが力を見せてくれるの？》
《わ～、それは興味があるわ》
《何か手頃な魔物が来ませんかね？》
《ベクトル、次に来た魔物は倒しちゃ駄目なの！》
《うぅ～、わかった～》
ジュール達もキルティの毒に興味があるのか、わくわくしたように場を整えようとする。
「アーヤさん、キルティの戦い方を見せてくれることになったみたいなんですけど……大丈夫ですか？」
子供達は盛り上がっているが、さすがにアーヤさんの許可なしに話を進めるわけにはいかない。
なので、意見を求めてみた。
「あ、うん、キルティもやる気があるみたいだし、いいんじゃないか？　というか、そろそろ私達も働きたいし、任せてくれ」
「そうですね～。そろそろ働きましょうか」

すると、アーヤさんはもちろんのこと、マイラさんも同意してくれた。

《あ、ちょうど良い具合にロックベアーが来たよ～》

「タクミ、あのロックベアーは私達に任せてもらうよ！」

「あ、はい、了解です！」

ロックベアーの相手は、『ソレイユ』ですることになったので、僕達は少し下がって待機する。

「アーヤ、マドリカ、足止めをよろしく！」

「了解！　――火よ、集《つど》え《ファイヤーボール》」

「光よ、射貫け《ライトアロー》」

『グガーッ！』

エリーさんの合図でアーヤさんが火魔法、マドリカさんが光魔法でロックベアーに先制攻撃をすると、マイラさんが槍《やり》、エリーさんが剣を構えて向かっていく。

「キルティ、今だ！」

『シュ～～～』

マイラさんとエリーさんがロックベアーを正面から押さえ込むと、キルティがロックベアーの背後に回り込んでいく。

そして、隙《すき》をついてロックベアーの後ろ脚に咬みついた。

「キルティ、よくやった！」

『シュー！』

あとはキルティの麻痺毒が効いてくるまで、『ソレイユ』は無闇《むやみ》に攻め込んだりはせずに引き気味に防戦を続ける。

「そろそろかしら？」

「倒れる！　マイラ、エリー、巻き込まれるなよ！」

ロックベアーがふらつき始めると、マイラさんとエリーさんがロックベアーから離れる。

すると、すぐにロックベアーが——バターンッ……と音を立てて横に倒れた。

「エリー！」

「任せて」

すかさずエリーさんが再びロックベアーに接近し、トドメを刺す。

とても流れるような戦いで、そして堅実《けんじつ》な戦い方である。

「どうだった？」

「「すごかった！」」

「そうですね、本当に凄いですよ。とても無駄《むだ》がなく、いかにも〝パーティ戦〟って感じでした」

僕達には真似《まね》ができない戦い方だ。

「褒めてもらえて嬉しいですわ。ですが、どこか改善点などはありませんでしたか？」

「特に改善しなくてはならないような箇所はなかったと思いますよ。ただ……——」

「ただ？」

「キルティが上手く敵の懐《ふところ》に潜り込めなかった時などの対応が気になりますね。それもしっかりと決まっているなら本当に問題ないと思いますけど」

『ソレイユ』の戦い方は、キルティの麻痺毒があっての戦いで、それが上手く機能しなかった場合は長期戦になったり、下手したら自分達が危なくなったりする可能性があると思う。あとは、敵が複数いる場合もかな？

「「「ああ～……」」」

僕の指摘に『ソレイユ』の皆さんが、〝やっぱり〟と言いたげに声を上げる。

「……えっと？」

「一戦見ただけで、私達の弱点を言い当てられるとは思わなかった」

「そうですね。若くてもさすがはAランクの方ということかしら？」

アーヤさんとマイラさんが、ため息をつく。

どうやら、自分達の弱点はしっかりと把握《はあく》しているようだな。

「とりあえず、今は索敵《さくてき》をしっかりとして、格上の魔物や群れとの遭遇《そうぐう》は避《さ》けるようにしている状況だな」

「それは大事ですね。あとは遭遇したとしても、確実に逃げられるようにいろんな手段を用意しておくのも大事ですが……それは？」

「思いつく限りは用意してありますわ」

どうやら彼女達は、自分達の力を過信せずに、確実に生き抜くことを前提にしているようだ。

そこでふと、思いついたことを尋ねてみる。

「キルティの毒を採取しておくと、麻痺毒の効果はなくなってしまうんでしょうかね？　大丈夫なら、武器に仕込むのもありじゃないですか？　マドリカさんの矢とかにね。あ、もうやっていましたか？」

マドリカさんは光魔法のほかに弓矢を使用しているようなので、鏃《やじり》に麻痺毒を塗《ぬ》っておけば、牽制だけではなく攻撃にも使えそうだと思う。

「あ、マドリカさんの個人戦闘の手段にも使えるかな？」

僕の呟《つぶや》きを聞いて、マドリカさんが期待するような表情になった。実戦で使うことができたら、Bランクが近くなるからな。

「それはやっていませんね。まずはキルティの毒を分けてもらって、成分を調べる必要がありますわね。――アーヤ、キルティが嫌がらなかったら、是非お願いしますわ」

「大丈夫。キルティは協力してくれるってさ」

キルティは快《こころよ》く了承してくれたようだ。

「アレンもキルティのどく、ほしい！」

「エレナもほしい！」

「えぇ⁉」

その時、何故か子供達が麻痺毒を欲しがった。……何の冗談《じょうだん》かと思ったが、顔を見る限り本気のようだ。

「アレン、エレナ、何に使うんだよ！」

「なにかにつかえるかも！」

「だから、もらっておくの！」

「……」

使う目的は特にないようだ。

良かった～。麻痺毒を使う予定があったらどうしようかと思ったよ。

『シュ～』

「「いいの？　やったー！」」

「……会話的に、キルティが『いいよ』とでも言ったかな？」

「「あたり！」」

子供達の要求をキルティがまた快く了承したみたいだ。

ヘルスネイク……直訳すると〝地獄蛇《じごくへび》〟なんて怖そうな名前の魔物だが、性格はとても穏やかだよな～。

「「おにぃちゃん、おにぃちゃん」」

「いれもの！」

「ちょうだい！」

「今？　えっと……これでいいか？」

「「うん！」」

僕は《無限収納《インベントリ》》から空瓶《からびん》を取り出して渡すと、子供達は早速とばかりにキルティの元へと向かった。

「「アーヤさん、いい？」」

「あ、ああ、キルティが了承しているから、いいぞ」

「「ありがとう！」」

子供達はしっかりとアーヤさんにも許可を取ると、キルティの口の前に瓶の口を向ける。

すると、キルティは口を開けて牙から液体を垂らした。

「「はい、おにぃちゃん、もらったよ～」」

「あ、うん、ありがとう」

とてもにこやかな笑顔で麻痺毒入りの瓶を差し出してくる。

これ……どうするかな～。

「マイラさん、これ、分析《ぶんせき》に使いますか？」

「それはキルティがあなた達に差し上げたものですから、タクミさんが活用してくださいな」

「じゃあ、ありがたく。――キルティ、ありがとう」

『シュ～』

時間経過のない《無限収納《インベントリ》》の中に入れておけば、麻痺毒が無効化されることは確実にないだろうから、いざという時はちゃんと使えるだろう。

まあ、少量だけ別に分けて、《無限収納《インベントリ》》外に保管して、時間経過でどうなるかの確認はしておいたほうがいいかな？

「じゃあ、キルティの毒の活用方法については、とりあえず今は置いておいて……次はどうします？　受けた依頼分の採取は終わっていますしね」

「さすがに帰るにはまだ早いから、もう少し回りたいな。可能ならば、また私達の戦闘を見て助言を貰《もら》いたい」

「それは……」

「駄目か？」

「駄目というか、僕自身があまり戦闘に詳しくないので、これ以上の助言ができるかどうか怪しいんですよね～。それに下手なことを言って、悪影響を与えるのも怖いですし……」

僕は戦闘に対しては本当に素人《しろうと》だからな。下手なことを言って、『ソレイユ』パーティのバランスが崩れてしまったら大変だ。

「助言については、気づくことがあればでいい。その助言についても、善《よ》し悪《あ》しは自分達でしっかりと判断すると誓《ちか》う」

「まあ、それなら……」

アーヤさんに懇願《こんがん》するように言われると、嫌だとは言えない。

「アレンとエレナもそれでいい？」

「「うん！」」

「アレンもきづいたこという！」

「エレナもみつける！」

アレンとエレナも『ソレイユ』の戦い方を観察する気満々のようだ。

というわけで、僕達はその後、薬草をせっせと採取しつつ、数度『ソレイユ』の戦闘を見学した。

「どうだった？」

「そうですね～」

「「んとね～」」

戦闘後はその都度、僕達に意見が求められる。

「問題なかったですよ」

「「うんうん、もんだいないない！」」

それから後の戦闘でも、僕は細かい点だがいくつか指摘し、とりあえず無駄な行動を減らせるようにアドバイスした。

だが、逆に僕達も〝パーティ戦〟というものをたっぷりと勉強できた。

「さて、そろそろ終わりかな？」

「そうですね、そろそろ戻らないといけませんわね」

日が暮れる前に街に帰りたいので、今回の散策は終了だ。

「アレン、エレナ、帰るよ～」

「「えぇ～、まだあそびた～い」」

「こらこら、依頼は遊びじゃないよ。仕事はちゃんと報告するところまでしないと駄目だろう」

「「うぅ～、わかった～」」

子供達は名残惜《なごりお》しそうにしていたが、僕達は冒険者ギルドに戻って依頼の報告をした。

そして、『ソレイユ』の皆さんと打ち上げと称した食事会を楽しんでから、別れを告げたのだった。

第二章　新しい家族を迎えよう。

今日、僕達は城に来ていた。

何故かというと……先日のアレンとエレナの誕生日に、プレゼントとして馬の目録を王家から送られたので、それについて話をするためだ。

実は一度、さすがに馬は貰えない……と手紙で丁寧に断りの返事を出した。

だが、王家のほうが納得しなかったのだ。

とりあえず、馬達を見においでと誘われ、子供達の目がキラキラと輝いたため、〝遊ぶだけ〟と言い聞かせて馬を見に来たわけである。

「厩舎《きゅうしゃ》はあそこだ」

「おうまさん」

「いっぱいいるの？」

「たくさんいるぞ～」

案内役はガディア国の第三王子であるアルフィード様――アル様がしてくれている。

『グルルルッ』

「『ん？』」

「えっ⁉」

厩舎に向かって歩いていると突然、目の前にグリフォンが降り立ってきた。

「『うわ～！　げんきだった？』」

『グルッ！』

アレンとエレナが当たり前のように再会の挨拶をすると、グリフォンが嬉しそうに二人にすり寄る。

えっと……個体の見分けはつかないが、クレタ国で会ったことのあるグリフォンなのかな？

「タクミ！」

「うわっ、クラウド様っ⁉」

しかも、クレタ国の王子であるクラウド様までいた！

もしかしなくても……馬を見せると言うのは建前で、クラウド様達に会わせることが目的だったのかな？　アル様、おかしそうに笑っているし！

「何でガディア国にいるんですか⁉」

「タクミに届けものがあったからな。わざわざ来てやったぞ。感謝しろよ」

「届けものですか？」

「ああ。ほら、そっちだ。あそこを見てみろ」

『クルッ』

クラウド様が示す方向を見てみると、そこに小さなグリフォンがいた。

「この子、もしかして⁉」

「タクミに渡そうとしていた卵から生まれたグリフォンだな。ちなみに、子供達にすり寄っているのは、こいつの親だな」

僕の予想通り、卵から生まれたグリフォンだった。

子グリフォンの大きさは、親グリフォンの三分の一くらいまで育っていた。

「大きくなったな～」

まあ、生まれたところを見たわけではないが、卵の大きさから考えれば大きくなっているだろう。

「初めまして。僕はタクミ」

『クルッ』

視線を合わせて挨拶をすると、子グリフォンも挨拶するように頭を下げてくれる。

そして、ちょっとずつ近づいてきてくれるので、僕は手を差し出してみる。

すると、さらに近づいてきて僕の手のひらに頭をすり寄せてくれるではないか！

「いや～、可愛いな～」

「さすが、タクミだな。もう懐いたか」

わしゃわしゃと子グリフォンを撫でていると、クラウド様が呆れたような顔をする。

「いやいや、この子が人懐っこいんでしょう？」

「そんなわけあるか！　そいつを初見で撫でまわせる人間はいないぞ！」

「そんな、まさか～。こんなに懐っこいのに？」

クルクル……と喉《のど》を鳴らすようにすり寄ってくる子が、気難しい子だなんて信じられない。

「言っておくが、俺はまだ一度も触らせてもらったことはない！」

「そうなんですか？　――なあ、クラウド様も君に触りたいって、嫌かい？」

「タクミ、私も！　私も触りたい！」

「はいはい、あそこにいるアル様は僕の友人なんだ。彼も触りたいって。どうだい？」

『クー……クルル』

子グリフォンは頭の良い子のようで、僕の言葉をしっかりと理解している。

僕の頼みを検討するように僕とクラウド様、アル様の顔を順番に見比べていって、最終的には了承するように頷いてくれた。

「クラウド様、アル様、撫でても良いそうですよ」

「本当にタクミは規格外だよな～」

「それは私も思います」

せっかく子グリフォンに頼んだのに、アル様とクラウド様がからかいの目を向けてくるので、僕は少しだけ睨《にら》んで見せる。

「二人とも、触りたくなかったですか？」

「触りたいよ！　ありがたく触らせてもらうよ！」

「そうだぞ、タクミ。今さら、取り消しは止めてくれよ」

少し慌てるクラウド様とアル様だが、子グリフォンに近づいてくる時はとても慎重《しんちょう》に、かつ静かな動きだ。

「いいか？」

「私もお願いします」

『クルッ』

そして、二人は子グリフォンにしっかりと許可を得てからそっと触る。

「おぉ～、意外とふわふわな毛並みだな～」

「そうですよね！」

『クルルルル～』

クラウド様が首筋を、アル様が背を撫でると、子グリフォンは気持ち良さそうに鳴く。

「あれ？　そういえば、子供達がいない？　——アレン!?　エレナ!?　どこだー!?」

子グリフォンに夢中になりすぎていて、気づいたら親グリフォンと戯《たわむ》れていた子供達の姿が消えていた。

僕は慌てて二人を呼んでみる。

「「おにぃちゃ〜ん！」」

「ん？」

「「うえ、うえ！」」

すると、頭上から楽しげな子供達の声が聞こえてきた。

「……そういうことか」

子供達は親グリフォンの背に乗り、空を飛んでいたのだ。

「落ちるなよ〜」

「「はーい」」

さすがに夢中になりすぎたと思い、子グリフォンを撫でるのを止める。

『クルッ』

「ん？　何だ？」

『クルルッ』

「もっと、ってか？」

『クルッ！』

すると、子グリフォンがもっと撫でろと身体をすりつけてきた。

「ははは〜、本当に可愛い子だな〜」

『クル〜』

「アレンも～」

「エレナも～」

いつの間にか空から降りてきていた子供達が、自分達も交ぜろと飛びついてくる。

『グルルッ』

しかも、親グリフォンまでもが交ざってくる。

「ちょっ！　バラバラに押すなよ！」

前には子グリフォン、左右にはアレンとエレナ、後ろは親グリフォンがいて、次々とぐりぐりと身体を押しつけてくるため、バランスを崩して倒れそうになる。

「うわっ！」

そこでトドメとばかりに親グリフォンに引っ張られ、僕は呆気なく倒れるように座り込んでしまう。すると、背もたれになるように親グリフォンが座り、懐のほうに子供達が飛び込んでくる。

「もぉ～」

「「えへへ～」」

『クルルル～』

アレンとエレナ、子グリフォンが似たような表情をしているような気がする。

『グルッ、グルル』

「ん？」

『グルル～』

「ん～？」

親グリフォンが何かを訴えてくるが、さすがに言葉がわからないので詳しい内容までは把握できなかった。

「えっと……？」

「子供との相性はどうか聞きたいんじゃないのか？　子供をタクミの従魔にしたいっていう話だったわけだしな」

僕が首を傾げていると、クラウド様から予想の指摘が入った。

『グルッ！』

「おお、正解か？」

『グルルッ』

しかも、それで正解だったようだ。

「俺はかなり相性が良いように見えるな」

「私もそう思う」

「そうですか？　懐いてくれているようだし、悪くはないと思いますけど……この子を従魔にって、本気なのか？」

『グルルッ！』

『クルッ！』

従魔について聞くと、グリフォン親子に揃《そろ》って頷かれた。

「タクミ、グリフォン達は本気のようだな～」

「やっぱりタクミは、たらしだな～」

クラウド様とアル様が、にやにやと笑いながらからかってくるが……二人のことは少し放っておこう。

「「わ～い。かぞくになる～」」

アレンとエレナは、大喜びして子グリフォンに抱き着いている。

「……本当にいいのか？」

『グルッ』

『クルッ』

グリフォン達の決意は固そうだったので、僕は子グリフォンを従魔として受け入れることにした。

「わかった。じゃあ、契約しようか。こっちにおいで」

『クルルッ』

僕は子グリフォンを連れて、みんなから少し離れる。

そして、【闇魔法《やみ》】の契約の魔法陣を展開させた。

すると、子グリフォンは抵抗することなく契約を受け入れる。

「これでおまえもうちの子だ！　これからよろしくな」

『クルッ！』

契約が終わると、子グリフォンは嬉しそうに身体をすり寄せてくる。

こんなに懐かれると、悪い気はしない。

「「おにぃちゃん、なまえはー？」」

「あ、そうか。そうだな」

子供達に尋ねられて、子グリフォンに名前をつける必要があることに気がつく。

「えっと、君は雄《おす》かな？」

『クルッ』

子グリフォン自身に雌雄《しゆう》を尋ねると、〝雄〟という言葉に元気よく鳴いた。賢《かしこ》いよな～。

「じゃあ、そうだな～……ラジアン。ラジアンっていうのはどうだ？」

『クルルッ！』

どうやら気に入ってくれたようなので、子グリフォンの名前はラジアンに決定だ。

ついでにステータスを確認してみると、名前も契約のこともしっかりと表示されていた。

【名　前】ラジアン

【種　族】グリフォン［タクミの契約獣］
【年　齢】０
【レベル】２
【スキル】風魔法　飛翔《ひしょう》　嘴撃《しげき》　暗視

まだ一歳になっていないので、レベルが低いのは当たり前だが、これから一緒に旅をするのなら多少はレベル上げをする必要があるかな？

あとは、【念話】スキル取得が目標だな。

「さて、これで僕の従魔にはなったが、もう少し今まで通り親子で過ごしても問題ないぞ？　どうする？」

『グルッ！』

『クルッ！』

従魔契約は終了したが、子グリフォンはまだまだ小さい。

それを考えて親のもとで過ごしても構わないと伝えたのだが、親子揃って嫌だと言わんばかりに首を横に振られてしまった。

「え、一緒に過ごさなくていいの⁉」

『グルッ！』

『クルッ！』

今度は二匹揃ってはっきりと頷いていた。

「そうか。わかった。——というわけなので、クラウド様、子供のほうは今日から僕が引き取っていっても問題ないですか？　それとも、クラウド様が帰国する時に引き取りに来ればいいですか？」

「親が良いって言うんだから、今日から連れて行って問題ないぞ。ここで反対しようものならグリフォン達から怒られそうだしな」

「ははっ、怒られるはずないじゃないですか～」

「いいや、きっと怒られる。まあ、反対する気もないけどな！」

クラウド様の許可も得たので、ラジアンは今日から一緒だ。

「「おにぃちゃん、おにぃちゃん！」」

「ん？　どうしたんだ？」

「ジュールたち！」

「しょうかいしよう！」

「あ、そうだね」

ラジアンに家族を紹介するためにジュール達を呼び出す。

《あれ～？　ここはどこ？》

《今日は街の外じゃないのね》
ジュールとフィートは、呼び出された場所がいつもと違うと首を傾げていた。
まあ、いつもはルーウェン邸か街の外で呼び出すことがほとんどだからな。
「ここはお城の厩舎だよ。新しく家族になった子がいるから紹介するよ。グリフォンの子供で、名前はラジアンだ。――ラジアン、みんなは君のお兄さん、お姉さんになる子達だ。仲良くしてな」
『クルッ』
《おぉー！　オレ、仲良くする！　あ、オレはベクトルだよ！》
《弟だね！　よろしく。ボクはジュール》
《フィートよ。よろしくね》
《ぼくはボルトです》
《わたしはマイルなの！》
ジュール達はそれぞれラジアンに自己紹介をしていく。
「んなっ！　なっ！　はぁ⁉」
ジュール達の和やかな様子を見ていると、クラウド様が言葉にならない声を出しながら、僕の肩を掴《つか》んできた。
「あ、クラウド様は初めてでしたね。僕が契約している従魔達です」
そういえば、アル様はルーウェン邸で行われた子供達の誕生日パーティなどで会ったことがあるが、クラウド様にはまだ会わせたことはなかったな～。

「タクミ！　聞いていない！」

「言い忘れていました？」

「いやいやいや！　言い忘れてたで済む話じゃないぞ！　凄い種族の従魔ばかりじゃないか！」

「運が良いことに、家族になってくれました」

「だから、それで済む話じゃないよな⁉」

クラウド様がジュール達を順番に見ながら、追及してくる。

「クラウド殿、タクミのやることにいちいち驚いていると、疲れますよ。クリスタルエルクの件ももう伝わっていますよね？」

「あ、それもありましたね！　――タクミ、本当に何をやっているんだ⁉」

「え、本当に各国に僕の名前を出してクリスタルエルクの角を分配したんですか？」

「そうだぞ。押しつける形になったが、どの国も喜んで受け取ったって話だ。そのうち続々と報酬《ほうしゅう》が届くんじゃないかな？」

「あ、うちの分は直接渡そうと思って、俺がいろいろと持ってきたぞ。後で選んでくれ」

クリスタルエルクの角の報酬は各国に任せると、ガディア国の国王のトリスタン様は言っていたが……本当に実行したようだ。

……じゃあ、本当に各国から報酬が届く可能性があるのか。

「どこかの国の宝物庫にマジックリングがあるといいな」

「残念ながら、うちの国にはなかったんだよな～」

僕の呟きにクラウド様がそう答えたので、思わずアル様のほうを見る。

「え、それも伝えてあるんですか？」

「もちろん。いらないものを貰っても仕方がないだろう？　とはいっても、良さげな魔道具がなかった場合はお金が届くだろうな」

「……ははは～」

抜かりがない感じである。さすが王族ってところかな？

「さて、暖かくなってきたと言っても、まだまだ風は冷たい。クラウド殿、そろそろ中に入ってお茶にしましょうか」

「アルフィード殿、今は公の場でもないし、お互いに今後はタクミに話すような言葉にしませんか？　いや、しよう」

「そうですね。是非、お願いします」

「決まりだな。タクミもまだ時間は大丈夫だな？」

「はい、大丈夫です」

今日は晴れているので多少は暖かいが、まだ春になったばかりなのでまだまだ肌寒い。なので、僕達は室内に移動することにした。だが――

「「ねぇ、おうまさんはー？」」

「「「……あっ！」」」

子供達の一言に、僕、アル様、クラウド様は思わず声を上げてしまった。

というわけで、お茶の前に僕達は今日来た目的であった馬を見に行き、少しの間だが子供達は馬達と戯れたのだった。

◇◇◇

ジュール達やラジアンは影に入ってもらい、城内の一室でお茶をしてから帰宅した僕達は、ルーウェン家の皆さんにもラジアンを紹介した。

ヴァルトさんには呆れたような表情をされたが、他の人達からは快く受け入れられた。

「さて、ラジアンにも魔道具の装飾品を選ぶか」

僕は以前にシルから貰った、魔法効果が付いた装飾品を《無限収納《インベントリ》》から取り出す。

「ラジアンには……首飾りか、足環《あしわ》がいいよな。何か良いのが残っていたかな～？」

効果の良いものからジュール達の装備にしたので、もしかしたらめぼしいものが残っていないかもしれない。その時は、買うか作ってもらう必要がある。

「あ、【無効化のペンダント】が残っていたな。これがいいな。あとは……腕輪だけどこれがいいかな」

『クル～？』

「どう、嫌じゃない？」

状態異常耐性の効果があるペンダントと、魔法攻撃耐性の効果がある腕輪を見つけたので、その二つをラジアンに着けさせて、動きの邪魔にならないか確認をする。

すると、ラジアンは首を振ったり、身体を揺らしたりしてみせる。

『クルッ！』

「大丈夫のようだな」

問題ない、と言わんばかりにラジアンが鳴く。

《あとは名入りの札ですね。兄上、ラジアン用の札も作ってもらわないといけませんね》

「そうだな。明日の予定はないし、すぐに注文しに行こうか」

「「おでかけだー！」」

従魔には飼い主の名前が彫られた札を身につけさせる、という暗黙の了解があるらしい。そのことを最近知った僕は、ジュール達の分はすぐに作ってもらい、みんなに着けさせている。

なので、ラジアンの分も用意しなくてはならない。

「おにぃちゃん、ギルドもいこう！」

「おにぃちゃん、いらいをうけようよ！」

「え、依頼？」

「「うん！」」

「ラジアンにね！」

「たたかいかたをおしえるの！」

「もう!?」

アレンとエレナは早速ラジアンに戦闘訓練をさせる気でいるようだ。

「「はやくつよくなってもらうの！」」

「うえっ!?　そこはゆっくりと力の使い方を教えて、それから戦闘に慣れてもらう……って感じじゃないかな？」

「「それじゃだめ！」」

まさかのスパルタ宣言？

「さすがに厳《きび》しくないかい？」

「「でもでも！」」

「こんどいくめいきゅう」

「じょうきゅうだよ？」

「あ〜……」

確かに、オークションが終わったら上級迷宮に行く約束をしている。

そこにラジアンを連れて行くには、少々危ないかもしれないな～。

「迷宮内だけは影にいてもらう……とか？」

「「かわいそう！」」

「……」

僕は他にもパステルラビット達と契約しているが、そちらは安全地帯以外で影から出すことはない。だが、ラジアンは危ないからと言って影から出さない選択はないようだ。

ということは、子供達の中でもパステルラビットはペット枠なんだな～。

「えっと……二人はラジアンに上級迷宮にいる魔物相手に単体で戦えなくても、一緒に行動できるくらいまでは鍛《きた》えたいってことでいいかな？」

「「そう！」」

ラジアンがまったく戦闘ができなくても僕達の誰かから絶対に離れないのであれば、魔物との戦闘になっても守りながら戦うことは可能だと思う。

だが、それは普通の山や森であればだ。迷宮内だと、罠《わな》を始めとして突然何があるかわからないので、最低限の防御術は必要だ。

「ラジアン、もうちょっとしたら、僕達はそこそこ大変な場所に行く予定なんだ。ラジアンはどうしたい？　一緒に行きたい？　それともお留守番《るすばん》する？」

『クルッ！』

僕はラジアンの意思を確認してみることにした。
すると、ラジアンは『行く！』とでも言っているかのような、力強い目で見つめてくる。まあ、契約したばかりの子が離れて行動したいと言うわけがない。なので、この返答は予想通りだ。
「一緒に行くのなら自分の身は守れるようにならないといけない。だから、訓練しないといけないよ？」
『クルッ！　クルル！』
僕がもう一度確認すると、ラジアンは力強く返答する。
《兄上、ラジアンは頑張るって言っています！　ぼくからもお願いします》
《さすがボク達の弟だね！　その意気だよ！》
《あら、それなら私も協力しなくちゃだわ！》
《オレも手伝う！》
《わたしも協力するの！》
「アレンもー！」
「エレナもー！」
ラジアンのやる気を子供達全員が後押しする。
「はぁ～……」
二人と六匹から訴えるように上目遣《うわめづか》いで見つめられると、もう反対はできない。

「とりあえず、急激な訓練とかは身体によくないから、まずは身体の使い方からかな。走り回ったり、飛んだり、体力を向上しつつラジアンにできる動きの確認しようか。――これはジュール、フィート、ボルトが指導してあげて」
《わかった！》
《任せてちょうだい》
《わかりました！》
「ベクトルはいつも通り周りの警戒と対処をお願い」
《任せて！》
「マイルは僕と訓練している様子を少し離れたところから見て、気づいたところがあったら教えてあげて」
《わかったの！》
僕は無理のない訓練方法を考えていく。
「アレンはー？」
「エレナはー？」
「二人は……追いかけっこの訓練になったら、逃げたり追いかけたりする役で！」
「「がんばる！」」
「ほどほどにな。全力でやったらラジアンの訓練にならないからな」

「「は～い」」

……この機会にアレンとエレナには、もう少し手加減というものを覚えてもらおう。

「あとは……ウルフとかホーンラビット相手に戦ってみることと、風魔法の練習かな？　まあ、そこら辺は様子を見ながら追々《おいおい》だな。――ラジアン、くれぐれも身体に負担になるような訓練は駄目だよ。少しでも身体に異変があったら、すぐに言うんだよ！　いいね？」

『クルッ！』

僕はラジアンに無理だけは絶対にしないように言い聞かせる。

「じゃあ、明日はまず鍛冶屋《かじや》でラジアンの札を注文して、街の外でただ走り回るか～」

「「いらいはー？」」

「依頼はとりあえず受けないで、お散歩だと思って行こう」

まあ、明日は〝ピクニックに行く〟くらいだと思っておこう。


翌日、僕達は鍛冶屋で札を注文してから、街の外――森までやって来た。

だだっ広い草原を走るのでも良かったのだが、僕達の場合は木々のある場所での行動のほうが多いので、草原ではなく森を選んだ。

たぶんだが、王城生まれのラジアンは森のような障害物がある場所で走り回った経験がないと思ったからね。

「とりあえず、ここにしようか。ラジアン、好きに動いてごらん」
『クルッ！』
ラジアンは物珍しそうに周りをきょろきょろと見回しながら、ゆっくりと歩き出す。
「誰か一人はラジアンの傍にいてあげて」
《最初はボクが付き添うよ！》
「アレンもいく～」
「エレナもいっしょ～」
《オレは見回り！》
《ぼくもベクトルと行きます》
《それならわたしも行くの！》
《それじゃあ、私は兄様と一緒にいるわ》
ラジアンにはアレンとエレナ、ジュールが付き添うことになり、ベクトルとボルト、マイルは周囲の見回りと魔物の相手、僕とフィートは少し離れたところからラジアン達を見守る……という布陣になった。
「「ほらほら、こっちだよ～」」
『クルッ』
アレンとエレナは、まだ様子見をしているラジアンを先導《せんどう》するように、徐々に歩く速度を上げていく。

「つかまえられるかな〜？」

「ラジアン、がんばれ〜」

『クルルッ』

子供達が上手くラジアンを煽《あお》って、あっという間にアレンとエレナをラジアンが追う追いかけっこに発展していた。

「「こっちこっち〜」」

『クルッ！』

木々を縫《ぬ》うようにスムーズに走るアレンとエレナに対して、ラジアンは時々立ち止まったり、木にぶつかりそうになったりしながら追いかける。

『……ク、ル』

それなりの時間、同じ状況が続いたが、徐々にラジアンの動きが鈍《にぶ》くなっていく。

そろそろ限界そうなので、僕は子供達を止めることにした。

「アレン、エレナ、休憩にしよう」

「「はーい」」

「ラジアン、こっちにおいで」

『……クル』

ラジアンは僕のもとへやって来ると、へにゃりと座り込んでしまう。

かなり飛ばして走り回っていたので体力が尽きたのだろう。

「「ラジアン、だいじょうぶ？」」

「ちょっと飛ばしすぎたかな？　ほら、水分補給《ほきゅう》して」

『クルル』

アレンとエレナも戻ってくると、心配そうにしながらラジアンを撫でる。

二人はまったく疲れている様子はない。というか、息切れすらしていない。

「しばらくは今みたいに追いかけっこで体力向上が目標かな」

『……クル～』

まあ、体力無尽蔵《むじんぞう》のアレンとエレナがおかしいのであって、ラジアンも幼いわりには体力があったほうだと思うので、そこら辺はきちんと伝えて落ち込まないようにフォローする。

《兄様、次は広い場所で、ラジアンに〝飛ぶ〟という選択肢《せんたくし》も追加してあげた追いかけっこというのもいいんじゃないかしら？》

「ああ、確かにそれはいいかもね」

上空から狙うというのは、飛べるものの優位性なので、フィートの意見はもっともなことである。

「そうだな～。お昼まではこのままのんびりして、ご飯を食べたら広いところに移動してもう一度追いかけっこ。またのんびり休憩して夕方に帰る。それでどうだ？」

「「やくそうさいしゅしていい？」」

「のんびり時間は、自由時間だから、好きなことをしてもいいよ。ただし、休憩はちゃんと取るんだよ！」

「「わかった～。いってくる～」」

《ああ！　アレン、エレナ、待ってよ。ボクも行くよ～》

アレンとエレナは元気に返事をすると、早速とばかりに薬草採取を始めていた。

本当に体力無尽蔵である。絶対に僕より体力がありそうだ。

「元気だな～。――ラジアンは僕と一緒にのんびりしよう」

『……クル』

うとうとしているラジアンを撫でていると、ラジアンはあっという間に眠りについた。

《あら、眠ったのかしら？》

「みたいだな」

《全力であれだけ走り回ったから疲れたんでしょうね》

「だよな～。見る限り、そこそこの体力と速さはあるよな？」

《そうね。なかなかなものだと思うわ。ただ、アレンちゃんとエレナちゃんと比べるとね……》

「二人は規格外だからな。だけど、ラジアンが二人と比べて落ち込まないように気をつける必要はあると思うんだよな。フィートも気をつけてあげて」

《ええ、わかった》

僕とフィートはラジアンの横に座って、静かにラジアンを見守っていた。

『……クル？』

「おはよう。よく寝ていたよ。少しは回復したかな？」

『クルッ！』

一時間も経たないうちにラジアンが目を覚ました。

ラジアンは立ち上がると、僕の横ぴったりの場所にもう一度座り、僕の太ももの上に顎《あご》を乗せる。

「ん？　どうした？」

《あらあら、甘えているのね》

「ああ、そういうことか。ははっ、可愛いな～」

《あら、私は？》

フィートもラジアンの反対側に来て、僕の太ももに顎を乗せる。

「もちろん、フィートも可愛いよ」

《ふふふ～》

『……クル～』

僕は二匹の頭をたっぷりと撫でる。

「あ〜、名残惜《なごりお》しいけど、そろそろお昼ご飯の用意をしないといけないな〜。――フィート、ラジアン、何が食べたい？」
《あら、残念。そうね〜、今日はラジアンが食べたいものがいいんじゃないかしら？》
『クル〜？』
フィートに話を振られたラジアンだったが、意味が分からなかったのか首を傾げていた。
《でも、ラジアンは兄様の料理を知らないのよね〜。――ラジアンはお肉とお魚なら、お肉が好きかしら？》
『クルッ！』
《というわけで、兄様、お肉料理がいいわね》
「お肉ね、了解！」
フィートがラジアンから聞き取り調査をして、お昼ご飯は肉料理に決まった。
「肉、肉……あ、牛丼にでもするかな」
突然だが、僕が牛丼を食べたくなったので、作る者の権限で牛丼に決定する。
肉は……アーマーバッファローの肉があったな。あとはタシ葱《ねぎ》。ご飯を炊《た》いて、紅ショウガは……諦《あきら》めよう。
《兄様、手伝いができなくてごめんなさい》
『クル〜』

「そんな手の込んだものを作るわけじゃないから、大丈夫だよ。気にしないで」

フィートとラジアンは料理の手伝いができないことに、少々落ち込んでいるようだ。まあ、さすがにこれはできなくても仕方がない。

僕が準備を進めていると、ラジアンがご機嫌になってきた。

『クルッ！』

《そうね、良い匂いがしてきたわね》

「フィートって、ラジアンの言っていることがわかるのかい？」

《言葉が通じているわけではないから、残念ながら正確にはわからないわ。何となく、言っていそうなことがわかるだけね》

「なるほど」

普通に会話しているように見えるが、話しているわけではなかったのだな。

ということは、今のところラジアンの言っていることがわかるのは、ボルトだけってことかな？

まあ、何にせよ、早めに【念話】スキルの習得をしてもらいたいな。

「よし、できた～」

「「おいしそ～」」

料理ができ上がる頃には匂いを嗅ぎつけたらしく、散らばっていた子供達が戻ってきたので、みんなで温かいうちに食べてしまう。

『クル〜〜〜』

「お、気に入ってくれたかい？」

『クルッ！』

ラジアンは夢中になって牛丼を食べていた。

そして、その後はもうしばらく休憩を取ってから草原に移動して、午後もラジアンの訓練を実施したのだった。


さらに翌日も予定がなかったため、街の外に出てラジアンの訓練をすることにした。

「さて、今日はどうする？　やりたいことはあるかい？」

「「ん〜？　おいかけっこ？」」

『クル〜？』

特にやることを決めてきたわけではないので、子供達に意見を求めてみたが、子供達も特に何も考えていなかったようだ。

「ラジアンが嫌じゃないなら午前中は追いかけっこにしておくか」

『クル〜』

「じゃあ、おいかけっこだ〜」

「ラジアンがにげて〜」

『クルッ！』

《あ、今日はわたしが一緒に行くの！》

今日はラジアンが追いかけるのではなく、逃げるほうのようで、アレンとエレナの合図でラジアンが慌てて駆け出す。背にマイルを乗せてね。

そして、しばらく時間を置いてからアレンとエレナが、ラジアンを追いかけていく。

「今のところ、ラジアンは特訓を嫌がっている様子はなさそうだな」

《まあ、特訓って言っても、まだ遊びの延長のようなものだしね〜》

「それもそうか」

《ジュールの言う通りですね。楽しく体力強化できて、とても効率の良い訓練だと思いますよ！》

そう言ってボルトは僕の肩に止まった。

現在いる草原は見晴らしが良く、魔物が近づいてきたらすぐにわかるため、マイル以外は僕の傍でのんびりとしている。

「ベクトル、今日はあっちこっち行かないのか？」

今日は珍しくベクトルも僕の傍にいたので、そう聞いてみた。

《昨日いっぱい怒られたから、今日は大人しくしている〜》

「え、昨日、そんなに怒られたのか？」

《うん、ちょっとマイルにね〜》

大人しい……というより、少し落ち込んでいるようだ。
「マイルに？　何があったんだ？」
《ベクトル、うっかり森の中で魔法を使おうとしたんですよ》
「あ～……」
ベクトルの使える魔法は、【火魔法】だけだ。さすがに森の中で火は危ないな。
「……まあ、それは怒られても仕方がないかな～」
《オレもそう思う》
ベクトルはガックリと項垂《うなだ》れている。しっかりと反省はしているようだ。
《でもね、でもね。あいつ、美味しいお肉なんだよ！　うぅ～……逃げられた～》
「…………ボルト、ちなみに、何の魔物に逃げられたんだ？」
《クイックバードですね》
僕はまだ出会ったことのない魔物だな。だが、名前からしてとても動きが速い鳥なのだろう。
《あっさりしているんだけど食べ応えがある鳥なんだよ！　食べたかった～～～》
落ち込んでいるのは、怒られて……ではなく、クイックバードが食べられなくて……のほうだな。
まあ、ベクトルらしいけどな。
「ベクトルは、重量級の相手だと負けなそうだけど、速い相手だとちょっと辛いか」
《そうなんだよ～。ねぇ、兄ちゃん、どうしたら仕留められる？》

「えっと……諦めて」

《えぇ⁉》

「人にはね、向き不向きっていうものがあるんだよ。速い相手は、対抗できるボルトとか、フィートにお願いすればいいんだよ」

まあ、人じゃなくて、魔物だけどね。

ボルトとフィートなら飛べるし、魔法攻撃も上手く操れるので、速い魔物相手でもしっかりと仕留められそうである。

《お兄ちゃん、ボクは？》

「ジュールは飛べないけど、速さのある魔法攻撃もできるし……いけるかな？」

ジュールは飛ぶことはできないが、かなりの速度で氷の礫《つぶて》を飛ばすことができるので、狙いが良ければ仕留められるだろう。

《兄ちゃ〜〜〜ん》

「……」

ベクトルが情けない声で呼びかけてくる。

しかし、ベクトルの【火魔法】はどんなに早く飛ばせるようになっても、やはり引火が怖い。

本当はそう簡単に引火することはないのかもしれないけど、僕の【火魔法】のイメージは、燃やし尽くす……とか、殲滅《せんめつ》……とかなんだよね。そのせいか、安全な火魔法なんて思いつかないんだよな～。

《ベクトル、諦めなさい》

《今度クイックバードを見かけたら、ぼくが仕留めてきますから》

フィートとボルトも、諭《さと》すようにベクトルに声を掛ける。

《あとはあれだね。逃げないで、自分に向かってくるように誘導《ゆうどう》するとかかな？　それならベクトルでも魔法を使わないで仕留められるよ！》

《どうやって誘導するの？》

《ん？　それはよくわからないかな～》

《じゃあ、実践《じっせん》できないじゃんか！》

《ははは～。あ～、そこそこ。そこ、気持ちいいや～》

ベクトルが八つ当たりするように、ジュールに頭をぐりぐりと押しつける。

元の姿のジュールと小さな姿のベクトルだと、ベクトルのほうがやや小さい。だが、力はベクトルのほうが強いので、ジュールの身体がずりずりと少しずつずれていく。そんなことになっていてもジュールは微妙に気持ち良さそうにしていた。……ツボ押しか？

そんな二匹を見ながら、ふと空に視線を向けると……――

「あ、噂をすれば……」

《クイックバードだ！》

《ですね。ぼく、行ってきます！》
クイックバードが飛んでいるのを見つけて、ボルトが素早く追いかけていく。
「お～、ボルトが凄い勢いで距離を縮めているな～」
《あら、でも、クイックバードもボルトに気がついて速度を上げたわ》
《逃げた～。ボルト、逃がしちゃ駄目だよ～》
「あ、落ちたな」
《【雷魔法】を使ったみたいだね》
クイックバードが逃げに専念すると、さすがにボルトでも追いつくことは難しいのかな？　最終的には【雷魔法】を放って、クイックバードを仕留めていた。
ボルトは空中でクイックバードをキャッチすると、再び凄いスピードで戻ってくる。
《ただいまです。クイックバードはなかなか素早いですね。本気を出されたらさすがに追いつけそうにありませんでした》
「お帰り。もうちょっと……ってところかな？」
《わぁ～～～、ボルト、ありがとう～～～。――兄ちゃん、兄ちゃん、オレ、お昼はクイックバードがいい！》
「はいはい、わかったよ」

それからしばらくして、追いかけっこを終えたアレンとエレナ、ラジアンとマイルが戻ってきたところで、お昼ご飯にした。

クイックバードはいろんな野菜と一緒に蒸《む》して蒸し鶏風にし、ポン酢っぽいものやゴマダレで食べたが、ベクトルの言うようにあっさりしているが食べ応えのあるお肉だった。

「「これ、おいしい！」」

『クル～』

走り回ってお腹を空かせていた子供達は、気に入ったのもあってたっぷりと食べている。

「このおにく！」

「もっとほしい！」

『クル～』

《オレもー！》

アレンとエレナにラジアン、ベクトルは食べ足りないようだ。だが、クイックバード一匹分の肉は、僕達の一食で全部食べ切ってしまったため、残念ながらもうない。

いや、違うか？　また食べたいって意味だな。

《クイックバード、ここら辺にまだいるかな～？》

《どうかしら？　一匹いたのだから、近くに巣があるかもしれないわね》

《兄上、午後から探しますか？》

《頑張って探すの！》
ジュール、フィート、ボルト、マイルも積極的で、全員、やる気に満ちていた。
「まあ、訓練ばっかりやっていても仕方がないし、午後からは探索しようか」
「「《《《《わ～い》》》》」」
『クル～』
というわけで、食後の休憩を挟んでからは、クイックバード探しをすることになった。
「どこかな、どこかな～♪」
「クイックバードさ～ん♪」
《こっちにおいで～♪》
『クルル～♪』
アレンとエレナ、ベクトル、ラジアンは、楽しげに歌いながら森を進む。
「楽しそうだな～」
《本当だね～》
《ふふっ、可愛いわ》
《珍しくベクトルも参加しているんですね》
《子供みたいなの！》
僕とジュール達は、歌っている子達のことを温かく見守りながら進む。

「「あっ！」」

何かを見つけたのか、アレンとエレナが道の脇の木に向かって駆けていく。

「「ラジアン、おいで～」」

『クル～？』

「ほら、これがシランそうだよ」

「こっちのは、リリエそうね」

「「こうやってとるの！　おぼえてね！」」

『クルッ！』

ラジアンを呼び寄せたと思ったら、薬草の種類と採取の仕方を教え込んでいた。

「アレン、エレナ、そういう知識は慣れてからでもいいんだよ？」

「「だめ！　ちょっとずつおぼえてもらうの！」」

「でも、最初は身を守る技術が優先だよ？」

「「ラジアンならだいじょうぶだもん！」」

『クルッ！』

あまり一度に詰め込むのは止めたほうが良いと思ったが、子供達はもちろん、ラジアンからもやる気ある返答があった。

「まあ、やる気があるならいいけど……ラジアン、あまり無理するなよ」

『クルル～』
とりあえず、今はやりたいことをやらせておくか～。
《あっ！　クイックバード！》
《どこ？　ジュール、どこぉ⁉》
《ほら、あそこだよ、ベクトル》
ジュールがクイックバードを見つけると、ベクトルがきょろきょろと辺りを見回す。
《いたぁ！　あそこか！》
そしてベクトルは、クイックバードを見つけた途端、駆け出した。
《今日は負けない！》
昨日負けた屈辱《くつじょく》を晴らすかのように、ベクトルはクイックバード目掛けて一目散《いちもくさん》だ。
「「いっちゃったー？」」
《あ～、ボルトに任せればいいのに～》
《ふふっ、ベクトルったら～》
《ぼく、一応追いかけますね》
《もぉ～、子供なの！》
『クルル～？』
他の子達は若干呆れたような表情をしながら、ベクトルの後ろ姿を見つめる。

「「あっ！」」

「どうした？」

「「こっちにもいる！」」

「ん？　あ、本当だな」

ベクトルが走っていった方向とは別の場所にいたクイックバードを、アレンとエレナが見つけた。

「アレン、エレナ、魔法で狙ってみな。そうだな～、矢が良いかな」

「「は～い！　――《ウォーターアロー》」」

見つかったことに気がついていないのか、クイックバードは油断している。なので、子供達によく狙って魔法を撃《う》たせてみる。

「「やった！」」

《おっ、当たったね！》

《狙いはばっちりね～》

アレンとエレナは上手くクイックバードに魔法を当てる。それを見てジュールもフィートも、感心した声を上げた。

《落ちたの！　せっかくだから、ラジアンが取ってくるといいの！》

『クルッ！』

マイルがラジアンに、アレンとエレナが仕留めたクイックバードを拾いに向かわせる。

意気揚々《いきようよう》と駆けだしたラジアンは、すぐに戻ってきた。

『クルル～』

「「ラジアン、ありがとう～」」

『クルッ！　クルル』

「「そうだね」」

「おにいちゃんにこのおにくで」

「おいしいりょうりをつくってもらおうね」

『クルッ！』

やっぱり会話が成り立っているよな～。不思議だ。

「はいはい。ちゃんと食べたいものを考えておくんだよ」

「「うん！」」

『クルッ』

このラジアンの返答は『うん』か『はい』だろう。このくらいなら僕にでもわかるが……その他は何となくの雰囲気しかわからない。僕も精進《しょうじん》しないとな～。

「さてと、ベクトルは帰ってきそうか？」

《ん～、帰ってこなそうだね。逃げられて追いかけていったかな～？》

「その可能性は高いな。まあ、そのうち匂いを嗅いで追いついてくるだろうから、先に行くか～」

《そうね。こっちはこっちで獲物を探しましょうか》

《ボルトも追いかけていったし、大丈夫なの！　放っておくの！》

とりあえず、僕達は僕達で、さらにクイックバードがいないか探しながら歩くことにした。

「「つぎのは、おみやげ～」」

「お土産《みやげ》？　ルーウェン家にか？」

「「それも～。あとね！」」

「ラジアンの！」

「おとうさんのも！」

「ああ、それは喜ぶだろうね」

クラウド様達一行は、もう少しガディア国に滞在する予定らしい。なので、差し入れを届けに行くことはまだできる。

「クラウド様とまた会う約束をしているし、ラジアンの親御さんが帰る前にまだ何回かは会えるかな？　じゃあ、頑張ってお土産集めようか」

「「がんばる～」」

『クル～』

というわけで、続いてお土産集めを開始する。

「「あっ！」」

『クル～？』

アレンとエレナが何かを見つけて駆けていくと、ラジアンも後を追っていく。

「あっ！　ラジアン、待て！」

しかし、アレンとエレナが向かっていく方向にいたのはジャイアントボアだったので、僕は慌てて ラジアンを呼び止める。

『クルル？』

「今のラジアンには危ないから、こっちにおいで」

『クル、クルルー』

「アレンとエレナなら大丈夫だから。ほら、見てみな」

不思議そうに戻ってきたラジアンだが、心配そうにアレンとエレナのほうを見るので、しっかりと二人の戦いを見せる。

「「とりゃー！」」

アレンとエレナは手始めに飛び蹴りを繰り出す。

すると、ジャイアントボアが数メートル後方に押し戻される。かなり良い蹴りが入ったが、仕留め切れていないようだ。

しかし、ジャイアントボアが怯《ひる》んでいる隙に、アレンとエレナは左右に分かれて走り出す。

「「ていやー！」」

そして、ジャイアントボアを挟むように同時に蹴りを入れると、ジャイアントボアは、雄叫《おたけ》びと共に倒れた。

『クルル～♪』

それを見たラジアンが嬉しそうに鳴く。

「「ラジアン、みてた？」」

『クルルルルッ』

「「すごかった？」」

『クルルッ！』

アレンとエレナは、戻ってきてすぐにラジアンに抱き着き、自分達の戦いの感想をラジアンに求める。すると、ラジアンは興奮したように二人にすり寄った。

きっとアレンとエレナは、兄、姉として、弟に良いところを見せたかったんだな。

「クイックバードよりも良いお土産ができたな～」

ジャイアントボアの肉はクイックバードよりは脂身が多いが、その量は何倍もある。

お土産は、別にあっさりした肉じゃなくてもいいので、これをお土産にしようと思う。

その後、合流したベクトルとボルトは、クイックバードを三羽仕留めてくれていたのだった。

邸《やしき》に戻った僕達は、早速クラウド様にお土産を渡そうと連絡した。

すると、明日はフィジー商会に行くということなので、一緒に行かないかと誘われた。

というわけで、フィジー商会の店で待ち合わせした僕達は、少しばかり早めに店に来たのだが、到着するなり会長のステファンさんに応接間に引き込まれる。

「タクミ殿！　ふりかけが売れております！」

「へ？　あ、そうなんですね。それは良かったです」

開口一番に言われた言葉に、僕は何を言われたのか一瞬わからなかった。だが、前にふりかけについて教えて、フィジー商会で売ってもらっていることを思い出して理解した。

好調なようで何よりだ。

「それに伴って、白麦と白麦を調理する魔道具も売れております！」

「なるほど、相乗《そうじょう》効果ですかね？」

白麦は、元の世界で言うところのお米のようなものだ。ふりかけが売れるなら、そっちも売れて当然だよな〜。

「タクミさんの反応が薄《うす》いです！」

「そ、そうですかね……？」

ステファンさんはテーブルをバンバンと叩《たた》く。どうやら僕の反応がお気に召さなかったようだ。

しかし、ふりかけが売れていることをハイテンションで喜ぶことは、僕にはハードルが高いよな〜。何せ元の世界にあるものを教えただけだし。

「会長、お客様がいらっしゃいました」

「あ、クラウド様」

ステファンさんへの対応に少々困っていたら、店員さんがクラウド様達を案内してきた。

クラウド様には見たことのない同行者が数人いた。まあ、一国の王子が一人で来るわけはないので、補佐官とか護衛だろう。

「お、タクミ、先に来ていたんだな。――商会長殿、本日は時間を作っていただきありがとうございます」

「いいえ、本日はわざわざお越しいただきありがとうございます。私は商会長のステファンと申します。どうぞ、ステファンとお呼びください」

「では、ありがたく。早速ですが、ステファン殿、彼は今回の取引のために連れてきたオルバータ商会の者です」

「オルバータ商会のトーヤと申します。本日はよろしくお願いします」

どうやらクラウド様と一緒に来たうちの一人は、先日知り合った冒険者パーティ『ソレイユ』のマイラさんの実家、オルバータ商会の人だったようだ。

よく見ればマイラさんと顔立ちが似ているので、従業員の人ではなく彼女の血縁者だな。……父親という年ではなさそうなので、きっとお兄さんだろう。

「タクミ」

「はい？」

「はい……じゃなくて、次はおまえの番だ」

「ああ！」

いつの間にか僕に視線が集まっており、クラウド様に促されて僕も自己紹介をしなくてはならないことに気がついた。

「冒険者のタクミです。この子達は、弟妹のアレンとエレナです」

「アレンです！」

「エレナです！」

アレンとエレナはそれぞれ挙手しながら名乗る。

「「ねぇねぇ」」

「マイラおねぇちゃんの」

「おにぃちゃん？」

子供達もマイラさんとトーヤさんの関係に気がついたようで、首を傾げながらトーヤさんに正直に聞いている。

「はい、そうです。やはりあなた達が先日、妹達と一緒に依頼を受けたという方でしたか」

やはりマイラさんのお兄さんだったようだ。

「何だ、タクミ、知り合いだったのか？」

「いいえ、クラウド様。直接お会いするのは初めてです。ただ、護衛の冒険者パーティの方々とは、先日知り合いましたけどね」

「ああ、あの女性パーティか」

クラウド様も『ソレイユ』の皆さんのことを知っているようだ。あ、でも、クラウド様がトーヤさんを連れてきたって言っていたから、一緒に来たのかな？

「リーダーの方がテイマーで、うちの子達が一瞬で懐きました」

「あ～、何かそれ、簡単に想像できるな～。――アレン、エレナ、テイマーにも二種類いる」

僕の言葉に頷いたクラウド様は、アレンとエレナに真剣な表情を向ける。

「「にしゅるい？」」

「そうだ。いいか、懐いてくれた魔物を従魔にしているテイマーは問題ないが、無理やり魔物を隷《れい》属《ぞく》させているテイマーには気をつけろよ。ほいほい近づくなよ」

「「……わかったー？」」

クラウド様の忠告に、アレンとエレナは首を傾げながら返答する。

「本当にわかっているか？　何で首を傾げる」

「あ～、たぶんですけど大丈夫だと思いますよ」

「たぶんなのに大丈夫なのか？」

「うちの子達は心の機微《きび》に敏感ですからね。隷属されている魔物の感情は確実に負のものでしょうから、きっとほいほい近づくどころか警戒して僕の後ろに隠れる可能性のほうが高いですね」

「なるほどな。それなら大丈夫そうだな」

あ～……でも、今の子供達なら、もしかしたら隠れないで、敵意ばちばちで唸るかもしれないけどな～。

「それにしても、キルティを怖がらないとは、なかなか度胸のある子達ですね」

「「キルティ、かわいかった！」」

キルティを怖がる人はやはり多いようで、トーヤさんは感心したように子供達を見る。

「タクミ殿、キルティというのは……」

「ヘルスネイクですね」

「……なるほど、それは怖がる人のほうが多数ですね」

ステファンさんがキルティの正体を知ると、若干顔を引きつらせていた。

普通の人からしたらヘルスネイクはやはり脅威なのだな。まあ、ヘルスネイクの毒自体は死なないものでも、魔物が出る場所で身体が痺《しび》れて動けなくなったら確実に命の危険に繋がるものだしな。

「そういえば、クラウド様って何の商談でフィジー商会に来たんですか？」

「おいおいおい。全然予想していなかったのか？」

「はい、まったく」

「おまえに関することだよ」

「僕？」

「そう。タクミが作ったもの、もしくは発案してフィジー商会に任せたものだよ」

「ああ！」

もしかしなくても、炊飯器《すいはんき》やかき氷機の魔道具、お手軽塩、カレー粉などのことか！

クラウド様も僕が作った料理を気に入ってくれていたからな！　自分達が使用する分を仕入れるだけじゃなく、自国でも普及させようと思っているのかな？

「しかし、タクミの隠し玉が思ったよりもあって驚いたぞ」

「隠し玉？」

「俺が知っていたのは、白麦とカレー粉、かき氷に関することだけだったが、他にもわんさかと調味料があるし、甘味も増えているだろう！」

「最近は〝ふりかけ〟という名の白麦用のお供もご提案いただきましたよ」

「また増えているのかよ！　とにかく、それらをクレタ国に仕入れるための契約に来たんだよ！

残念ながら、フィジー商会はクレタ国にはないからな！」

ステファンさんに教えられて、クラウド様は呆れた顔をする。

美味しいものは正義！　という言葉があるように、美味しいものを知るとまた手に入れたくなるってことだな。

「フィジー商会がクレタ国に、ということはなかったんですか？」

「我々はガディア国内で手一杯ですので、仕入れに行くことはあっても、支店を出すのは現時点では無理でございますね」

僕がふと疑問に思ったことを尋ねたのだが、ステファンさんは首を横に振った。

「というわけで、オルバータ商会と契約してもらって、フィジー商会で扱っているものを卸《おろ》してもらおうとしているんだよ」

「……なるほど～」

何だか……大掛かりなことになっているな～。

「逆に、オルバータ商会が扱っているものをフィジー商会に卸すことにもなっているぞ。タクミが知っているものでいえば、バニラとかだな。タクミの案の通り、香料に使ったら女性から人気の品になったぞ」

「香料？　ああ、そういえば、そんな話もしましたね！」

確かに、バニラの匂いの香水とか女性なら好きそうだという話はしたな。

「忘れていたのかよ！　言っておくが、発案者であるタクミに利益の一部を振り込むように指示をしてあるからな」

「え!?」

……いつの間にか収入源が増えていた。

「もう何度か振り込まれているはずだぞ。気づいていなかったのか？」

「……タクミ殿、最後に商人ギルドに行かれたのはいつでございますか？」

「……」

僕の反応を見て、クラウド様とステファンさんが若干、呆れたような表情をしていた。

最後に行ったのがいつだったか、全然覚えていません！

「よし、この商談の後、俺と一緒に行くぞ」

「……はい」

僕が無言だったため、クラウド様も行っていないことに気づき、この後強制的に連れていかれることになったのだった。


挨拶も一段落し、本格的に商談が始まった。

「では、変更がある場合はギルドの転移の魔道具を使用するということでよろしいですか？」

「はい、それで構いません」

とはいっても、オルバータ商会が仕入れたいと思っているものははっきりしていたので、簡単な値段交渉とフィジー商会が卸せる量の確認。また、レシピ自体を売り渡してオルバータ商会で製作して売るものの確認をするだけで、かなり短時間で終わった。

「普通、商談ってこんなにあっさりと決まるものなんですか？」

「いえいえ、本来ならもっと難航しますし、空気などはピリピリするものですよ」

「そうなんですか？」

ステファンさんからしたら、今回の商談は普通じゃないそうだ。

「そうですね。私もこのような穏やかな商談は初めてです。良くも悪くも商人は、自分へ有利な条件にしたいですからね。笑顔を張りつけながら相手の考えている企《たくら》みを見極めるのはひと苦労します」

トーヤさんも普通じゃないに一票。

しかし……笑顔の下の企みか～。腹黒い相手だと苦労するだろうな～。

「まあ、今回は俺やタクミがいたから特別ってやつだな」

「クラウド様はわかりますが……僕？」

王族であるクラウド様が相手なら、お近づきの印に……とか、媚《こ》びを売るという腹積もりで……とかで、商談に手心を加えることはわかるけどな。

「今回はタクミの手がけた品ばかりだろうが！　俺がタクミの知り合いだから、ステファン殿も融《ゆう》通《ずう》を利かせてくれているんだよ」

「ああ！　そういうことですか！」

なるほど、友人価格ってことだね！

「そうですね。それもありますが、あとはタクミさんが自分の得る利益について何も言わないのもありますすね」

「ああ、タクミが利率を引き上げないから、卸値もそこそこの値で落ち着くのか」

「そうです。タクミさんは引き上げるどころか、逆に利益が入ることに驚きますからね」

「そういえば、さっきもバニラのことで驚いていたな」

「……」

……作った調味料ならともかく、バニラについては想定外だったしな～。

「タクミの人の好さは多少心配になるが、周りにいる者がお互いに目を光らせている状態だから問題ないだろう」

「そうでございますね。王家を始め多数の貴族家が目をかけている方に悪さなど、余程の愚《おろ》か者でない限りできません。まあ、何かあった場合は、我々フィジー商会も微力ながらいつでも手助けする所存です」

「これからは、是非、我がオルバータ商会も仲間に入れてください」

僕の知らないところで徒党が組まれて、何か物騒《ぶっそう》な話になってないか？

「タクミには味方がいっぱいだな～」

「『わ～い。みかた、いっぱ～い！』」

「……えぇ～」

まあ、味方はいっぱいなのは良いことだし、気にしないでおこう。

「そういえば、タクミ、何か渡したいって言っていたよな？」

「「あっ！　おにく！」」

「肉？」

「クイックバードとジャイアントボアの肉ですね。子供達が仕留めたので、クラウド様にもですけど、ラジアン……子グリフォンの親に食べさせたいって話になりました」

そう教えると、クラウド様は目を見開いた。

「あのグリフォンの子を、もう狩りに連れて行っているのか⁉」

「いやいやいや！　本格的な狩りはまださせていないですよ！」

変な勘違いは止めてほしい！

「ラジアンには主に山歩きに慣れさせているところで、狩りは他の子達が担当です。まあ、仕留めたものを回収しに行ったりはしていますけどね」

「それにしても行動が早いと思うぞ。契約してまだ数日だろう！」

「そこは何というか、僕よりアレンとエレナが弟分を鍛えようと張り切っていまして……」

「「とっくん、とっくん♪」」

「……ああ、なるほどな」

アレンとエレナの様子を見て、クラウド様は呆れているような、納得したような表情をしていた。

「少々よろしいでしょうか？」

「トーヤ殿、どうかしたか？」

トーヤさんが遠慮気味に声を掛けてきたので、クラウド様は首を傾げながら聞き返した。

「タクミ殿の従魔にグリフォンがいるのですか？　先日、妹達から聞いた話にはグリフォンはいなかったと思ったのですが……」

「一緒に依頼を受けた時にはいませんでしたね。次の日かな？　クラウド様に呼ばれて、グリフォンの子供を譲り受けたんです」

「そうだったのですか」

トーヤさんは、マイラさん達からジュール達の話を聞いていたのだろう。だが、その時はまだラジアンとは会っていなかったからな～。知らないのも無理はない。

「それにしても、タクミ殿達にかかれば、ジャイアントボアも脅威にならないんでしょうね～」

「『ならなーい！』」

「それは頼もしい」

ステファンさんは、感心したように子供達と話していた。

「おっと、話が逸れて肉のことを忘れていたな。タクミ、どうせならその土産っていう肉で何か料理を作ってくれよ」

「おぉ、それは私も是非ご相伴《しょうばん》にあずかりたいものです！」

クラウド様が突然、名案を思いついた……ばかりに提案してくると、ステファンさんも目を輝かせてその話に乗っかってきた。また、トーヤさんも発言はしていないが、期待を込めた目でこちらを見つめている。

「「ごは～ん」」

アレンとエレナもお腹が減った……とばかりに両手でお腹をさすっていた。

「いやいやいや、何でそんな話になるんですか⁉」

「大丈夫だ。グリフォン達へのお土産までは食べないぞ」

「そういうことを言っているわけじゃないですが……そもそも料理って言っても、作るところがないでしょう！」

「場所でしたら、うちの作業室があります！」

「タクミ、場所も確保できたぞ！」

「……」

駄目と言える要素が潰されていく上に、アレンとエレナが食べたいと言っている以上、もう断れないな。そして何より、僕自身が自分の作った料理を食べて美味しいと言われるのが嫌いじゃないんだよな～。

「わかりましたよ。えっと、ジャイアントボアとクイックバード、どちらが食べたいですか？」

「「りょうほう！」」

クラウド様達に聞いたつもりが、アレンとエレナが即答した。

「え、両方？」

「「うん！」」

「それなら肉質が違いすぎるから、違う料理にする必要があるな～。何が良い？」

さっぱり系の鶏肉と脂身多めのイノシシ肉では、対照的だ。

「「えっとね～……あ、あれがいい！」」

「あれ？」

「「すきやき！」」

「すき焼きか。じゃあ、ジャイアントボアをすき焼きにするか。クイックバードはどうする？」

「「ん～……このまえとちがうの？」」

「あ～、この前食べた蒸し調理以外でってことか？」

「「そう！」」

「了解。――クラウド様達は、どういったものが食べたいとかありますか？」

子供達の意見は聞いたので、次はクラウド様達にもリクエストがないか聞く。

「できれば両方の肉が食べたいな。料理は何でもいいぞ。タクミの料理は美味いからな」

クラウド様の返答に、ステファンさんとトーヤさんもしきりに頷いていた。

「誰からの情報かは知りませんけど、過剰《かじょう》な期待は止めてくださいよ～」

特にリクエストはないようなので、クイックバードはチーズを挟んで焼くかな～。

というわけで、ステファンさんに作業室を借りて、僕はさくさくと料理を作り上げた。

ジャイアントボアのすき焼きとクイックバードのチーズ焼きは全員が気に入ってくれ、綺麗に平らげてくれた。

そして、最後に作り置きしておいたヨーグルアイスをデザートに提供したのだが、ステファンさんがヨーグルに大変興味を持ち、詳しく話を聞かれた。なので、そのうちヨーグルアイスも『すずやか亭《てい》』――ステファンさんが経営するかき氷屋さんで提供される日が来るかもしれないな。

商談終了後……というか食事終了後、僕達は本当にクラウド様に連れられて（ほぼ連行の形で）商人ギルドへと行き、入金記録の書面を貰って確認した。

……したのだが、予想を遥《はる》かに超えた入金記録の羅列《られつ》があり、僕はそっと《無限収納《インベントリ》》に書面をしまった。

同行したクラウド様は、さすがに書面の内容までは確認してこなかったが、僕の驚く様子を見て呆れたようにしていた。そして、今度からはこまめに確認するように忠告してから滞在先である城へと戻って行った。

「あ、親グリフォンへのお土産を渡し忘れた！」

「「あっ！」」

お土産を預けることを忘れていたため、僕達はクラウド様を追いかけ、直接親グリフォンのところまでお肉の配達を行ったのだった。

第三章　オークションへ行こう。

いよいよ本日はオークション当日だ。

「『ひと、いっぱーい！』」

「本当だね」

やって来た会場は、予想以上に人が多くて僕達は唖然《あぜん》としながら周囲を見渡す。

「『アルさま、どこかな～？』」

「アル様とは会場の中で会う約束をしているよ。確か、入り口のところで僕達が知っている騎士を待機させてくれるって言っていたから、まずはそこに行こうか」

「『りょうかい！』」

というわけで、僕達は会場の入り口に向かう。

「『あっ！』」

「タクミ殿！」

すると、とてもわかりやすいところに、近衛《このえ》騎士のナジェーク様が立っていた。

ナジェーク様も僕達のことにすぐに気がついて、声を掛けてくれる。

「ナジェーク様がわざわざ待っていてくれたんですか⁉」

「アルフィード様の護衛の中では、私が一番タクミ殿と顔を合わせていますからね。あ、それから、ずっと言おうと思っていましたが、そろそろ私を呼ぶ時の敬称を変えてください。話し方も楽なものでいいですよ」

「叔母上《おばうえ》が息子として扱っているのなら、私とは従兄弟《いとこ》になりますし、確か私達は同い年でしたしね」

「へ？　え？」

そういえば、ナジェーク様は僕達がお世話になっているルーウェン伯爵夫人であるレベッカさんの甥《おい》だったたな。つまり、ルーウェン伯爵家長男のグランヴェリオさん――ヴェリオさんと、次男のグランヴァルトさん――ヴァルトさんとは従兄弟だ。

しかし……レベッカさんが息子扱いしてくれていても、僕とナジェーク様の関係が従兄弟ということになるわけではないんだけどな～。

「従兄弟云々《うんぬん》はちょっと違うと思うんですけど、仲良くなりたいので今後はナジェークさんって呼びますね。というか、ナジェークさんこそ僕のことを〝殿〟で呼ぶじゃないですか！」

「それでは、これからはタクミさんですね」

「はい。それと話し方も普段通りでいいですよ？」

「話し方については、私は普段からこういう話し方ですので」

普段から丁寧な話し方をする人に〝もっと砕《くだ》けて！〟と強要はできないしな～。仕方がないか。

「『ナジェにぃ』」

「アレンはアレンってよんで！」

「エレナはエレナってよんでね！」

「はい、わかりました」

「……」

アレンとエレナに至っては、微妙に省略して呼んでいた。〝ナジェークをナジェ〟って、愛称《あいしょう》じゃなくて、完全に省略だよね？

ナジェークさんは気にしていないようなので……いいのかな？

「タクミ！」

改めて、ナジェークさんの案内でアル様が待っているところへと向かうと、アル様と目が合った瞬間に名前を呼ばれた。しかも、心なしかうきうきした様子である。

「アル様、どうかしましたか？」

「朗報《ろうほう》だ！　マジックリングが出品されるぞ！」

「え、本当ですかっ⁉」

「ああ、間違いない！」

アル様は僕がマジックリングを欲しがっているのを知っていたため、すぐに知らせてくれたようだ。

「それは是非欲しいですね！」

上級の迷宮で探す予定ではいるが、確実に手に入るとは限らないし、複数あっても困らないので、手に入れられるのならばここで手に入れたい。

「マジックリングはもちろん、夜の部だな」

「……夜の部？」

「ああ、タクミはオークション自体が初めてだったな」

オークションは午前と午後、夜と、三部に分かれていて、大まかに言えば価格帯が違うらしい。午前は一般品、午後は高級品、夜は稀少品《きしょうひん》っていう具合にな。

一応、目録っぽいものがあって、オークション参加者はそれを見て目星をつけて参加するらしい。

「ちなみに、タクミが出品したものは、全部夜の部だな」

「え、そうなんですか？」

以前にオークションに出せそうな珍しいものはないかと聞かれ、僕が面白半分で答えた品々は、全部ではないが出品することになっている。

ちなみに、品々とは……水玉模様の染料《せんりょう》、ガヤの木、マジェスタの葉、赤トリュフ、真珠《しんじゅ》だ。マジェスタの実やケルム塩など、食べもの関係の出品はやはり子供達に反対されたが、トリュフだけは反対されなかった。

何故かというと、トリュフはそもそも香りを楽しむもので、味は微妙だからだな。子供達はあまり好きではないので反対しなかったのだろう。

また、稀少な薬の原料となるクリスタルエルクの角を少量と、妊娠薬《にんしんやく》である『青薔薇の滴《あおばらのしずく》』も三個ほど、出品が決まった。騒ぎにはなるだろうが、欲している人が多い品なので……ということだった。

しかも、アレンとエレナもそれぞれ天の雫《しずく》――ごく稀《まれ》に空から降ってくる金平糖《こんぺいとう》のようなものを一粒ずつ出品することになっている。

どれもとても稀少なものなので、夜の部になったということだろう。

そんなことを思っていると、アレンとエレナが周りをきょろきょろと見回す。

「「ここすごいね～」」

「そうだな。――アル様、ここって個室ですよね？」

「ああ、私達がいつも使う部屋だな」

僕達がいるのは、吹き抜け会場の二階部分にあるバルコニーの個室だ。

もしかしたら、王族専用の個室かもしれないな。

「アレン、エレナ、覗《のぞ》き込むのは良いけど、飛び降りるんじゃないよ」

「「はーい」」

「そこは〝落ちるなよ〟と心配するところじゃないのか？」

「うちの子達に限っては違いますね」

うっかり落ちる心配はしていない。ここなら落ちても普通に着地できそうな高さだしな。だがその場合は、下にいる人達が驚愕《きょうがく》することが予想されるので、そちらの心配のほうが必要なのだ。

「この席でもオークションには参加できるんですよね？」

「もちろんさ」

会場の広間の左右二階部分にいくつかの個室があり、僕達がいるのは会場左側のステージに一番近い個室だった。

眼下には司会者が上がるだろうステージがあり、その前にはたくさんの椅子《いす》が並べられている。普通の参加者はあそこでオークションに参加するのだろう。

「今はいないが、個室には専任の職員が付くから、代理人を務めてくれるぞ」

「へぇ～、そうなんですか」

あれだよね？　ハンドサインでいくらアップ……みたいなことをするやつだよね？

個室にはそれを専属でやってくれる人がいるんだな～。

「マジックリングを落とすのに参加するのであれば、状況を見ながら代理人に指示を出すか、あらかじめ代理人に上限を伝えておいて任せるかのどちらかだな」

「……なるほど」

マジックリングがいくらくらいになるのかさっぱりわからないが、つい最近自分の預金を確認したばかりなので、それに収まる金額であれば……まあ、使い放題か？

それこそ、雰囲気を見ながら諦めるか挑戦し続けるか決めるべきかな？

「まあ、時間はまだあるから、よく考えておくんだな」

「はい、そうします」

午前の部、午後の部の様子を見て、どんな風なのか確認してから決めても遅くはないもんな。

ゆっくりと考えることにしよう。

「お、そろそろ午前の部が始まるな」

「人は少なめですね」

会場入り口にはそこそこの人がいたのだが、会場の席はそれほど埋まっていない。

「午前は……まあ、毎年こんなものだな」

それほど珍しいものが出るわけではないからなのだろう。

まあ、オークションに来る人達の目的は珍しいものとか凄いものだしな。

「ああ、そうだ。最初はここにいるが、途中は席を立っても問題ないから、飽《あ》きたらすぐに言ってくれ」

「わかりました」

ステージ上に司会者が現れたので、僕達は席に着いてステージに注目した。

午前の部はゆったりと始まり、僕達はまずオークションの雰囲気を楽しんでいた。

「二十二番に決定！」

ちょうど今、出品されていた椅子とテーブルのセットの落札先が決まった。

午前の部に出品されるものは一般品と言っていたから、探せば店で買えるようなものなのだと解《かい》釈《しゃく》していたが、どうやら一点物のハンドメイド品が多いようだ。

既に数点の品が終わったが、開始価格で落札されるものもあれば、競われて値が上がっていくものや、誰も参加しないで落札されない品などもあったりした。

「しかし……誰も落札しない品っていうものもあるんですね～」

「少々下品な飾りだったからな。開始価格の設定がもう少し低ければ手を出す者もいたかもしれないが……あの値ではな」

「……なるほど。確かにゴテゴテした飾りつけですよね」

開始価格は基本的に出品者が設定する。

千円くらいの価値の品を開始価格十万円で出品しても構わないが、オークションに参加する者は多少目が肥《こ》えているので、誰も競売に参加しない。

逆に言うと、千円の品を開始価格百円で出品しても構わない。ただ、競り上がれば問題ないが、開始値で落札されてしまえば大損になってしまうのだ。

「開始価格って難しいですね～」

「安心していいぞ。タクミの出品したものは、どれも低い価格設定をしていてもあっという間に競り上がるのは間違いないからな！」

「ははは～」

とはいっても、僕達が出品した品々の開始価格はアル様を始め、王家の人達が設定したので、適正価格だろうとは思うけどな。

「「ねぇねぇ」」

「どうかしたか？」

「「こうやって、なにやってるの？」」

アレンとエレナがハンドサインに興味を持ち、真似をしてみせた。

『千Gが出ました！』

「あっ！」

「「んにゅ？」」

手すりに顎を乗せていた子供達の姿は司会者からもしっかり見えたのだろう。二人のハンドサインがコールされる。

『他に誰かいませんか？　では、千Gで落札です！』

「あ～……」

アレンとエレナが、見事に落札した。

「『えへへ～』」

僕の反応を見て、アレンとエレナにも自分達がやってしまったことに気がついたのだろう。二人はへらりと笑う。

「一人掛けのソファーか？　まあ、使えるもので良かったな、タクミ」

「そうですね。とんでもない値のいらないものとかではないので、問題はないですね」

午前の部の品だったから、痛手になんてならない出費である。

「アレン、エレナ、みんながやっている手の動きは、いくらで買いますっていう意味のある合図だよ。だから、ただ真似《まね》してやるのはもう駄目だよ」

「『わかった～』」

「あ、でも、欲しいものがあった時は、その合図で買いたいって主張するから、まずは言うこと！」

「そのときは」

「やってもいい？」

「手の形もいろいろあるから、どの形で出すか聞いてからね」

「『は～い』」

これで同じ間違いをすることはないだろう。

すると、再びステージを見ていた子供達が声を上げる。

「『おにぃちゃん、あれ！』」

「ん？」

「「ほしい！」」

「早速すぎないかっ⁉」

「……っ」

ひと安心と思ったところで、アレンとエレナがすぐに欲しいものを見つける。

僕が驚きの声を上げると、アル様は笑い声を我慢《がまん》するようにお腹を抱えていた。

「「だって～、ほしい～」」

「あ～……あれか～」

子供達が欲しがったものは、巨大なクマのぬいぐるみだった。

高さが司会者と変わらないため、かなりの大きさだろう。

「あんなものも出るんですね～」

「あの手のものは毎年出るな」

「はぁ～、そうなんですか～」

アル様に答えてもらって、僕は頷く。

あれほどの大きさのものを作るのは大変だろうに。毎年出るってことはファンがいるんだろうか。

「「いい？」」

「いいけど、何の生地で作っているのかわからないから、手触りが良いとは限らないからね。それでもいいなら構わないけど……代理人のお兄さんに任せるんじゃなくて、自分達でやりたいんだね？」

「「うん！」」

ハンドサインは自分達でやりたいようだ。

「えっと……申し訳ないですが、子供達に手ほどきをお願いしてもいいでしょうか？」

「ええ、お任せください」

僕は静かに控えていた代理人のお兄さんに、子供達へのハンドサインの指導をお願いした。

「お客様、失礼ですが、ご予算はいかほどでしょうか？」

「ああ、そうか。えっと、いくらでも？」

「え、は、はい、かしこまりました」

というわけで、子供達は動揺気味の代理人さんに教えを請《こ》いながらオークションに参加し――見事に落札した。

「「かった！」」

「今の言い方だと売り買いの〝買った〟じゃなくて、勝負のほうの〝勝った〟と言ったように聞こえたのは、私だけか？」

「大丈夫です、アル様。僕にもそっちの意味に聞こえました」

今回は競る相手がいたため何度か値が吊《つ》り上がったが、子供達はそれはもう楽しそうに競っていた。

「そういえば、落札したものの受け渡しと支払いって、いつするんですか？　最後まで終わってからですか？」

「目的のものを手に入れたら帰る者もいるから、会場の裏側に行けば対応してくれるぞ。ただ、個室の者はそちらに行かなくても、ここに対応しに来てくれるな」

「……ああ」

ここはＶＩＰルームのようなものだしな。そもそもの扱いが違うか。

「「アルさま、はい！」」

「ん？　んん⁉」

アレンとエレナが突然握った手を差し出してきたので、アル様が咄嗟《とっさ》に手のひらを差し出す。すると、アル様の手にお金が載《の》せられた。

アル様はお金を渡されたことで、驚きの声を上げる。

「あ、落札したものの代金か？」

「「そう」」

アレンとエレナは自分達の鞄《かばん》から、ぬいぐるみと先ほど落札したソファー分の代金をアル様に渡したようだ。

「二人とも、お兄ちゃんが払っておくよ？」

「「じぶんでかうの！」」

落札したものを自分達で払う気でいるようだ。

「「だから！」」

「もっとね」

「やっていい？」

オークションに参加するのが楽しかったようで、もっとやりたいようだ。

「ははは～。まあ、いいけど……欲しいものだけにしてよ。何でもかんでも参加するのは駄目だよ」

「「わかった！」」

面白がって全部の品に参加するのだけは切実に止めてほしいので、それだけは注意しておく。

すると、子供達は元気よく返事をし、再びステージを注目する。

「タクミ、いいのか？　どんどん落札しそうな勢いだぞ？」

「まあ、今の時間帯はそれほど高価なものはないみたいですから、大丈夫だと思いますよ」

正直、午前の部のものだったら、子供達の稼ぎで買い占めだってできるだろうしな。

「……あの子達は、午前の部だけで満足するのか？」

「……」

アル様の予言めいた呟きに、僕は何も反論できなかった。

それからは……――


「あれはー？」

「おぉ～、いいね～」

「あれもいいね～」

「うんうん」


アレンとエレナは二人で相談し合いながらそれぞれ家具を一点ずつ。さらにアレンが帯剣用のベルト、エレナが髪飾りと……最終的には計六点の品を落札して午前の部は終了した。


昼休憩を挟んで午後の部が始まった。参加者は倍くらいになったかな？

「「あれ！」」

最初の数点は椅子に座って大人しくしていたアレンとエレナだが、レース編みのストールが登場した途端、席から立ち上がった。

「綺麗なストールだな。だけど、欲しいのか？」

「「おばあさまにあげるの！」」

「ああ、なるほどな」

レベッカさんにプレゼントしたいようだ。

午後の部にもハンドメイドの一点物が出品されているが、午前の部よりも精巧《せいこう》で手の込んでいそうな品が多い。きっと貴族向けの品だろう。

「いいんじゃないか。落札できるといいな」

「「がんばる！」」

反対する理由もないので、子供達には好きにやらせてみることにする。

「子供達の他に二人、粘っている者がいるようだな」

「そうですね」

「……かなりの額になりそうだが、止めさせなくてもいいのか？」

「まあ、あれだけ精巧な編み物ですからね、いいんじゃないですか」

改めて似たような品を手に入れようと注文したら、相当の時間がかかるだろう。それこそ年単位とかでね。

「「やったー！」」

無事にアレンとエレナが競り落としたようだ。

金額は……まあ、それなりの額だ。

ただ、子供達なら一回採取の依頼に出向いて本気を出せば、取り戻せる金額かな。そう思えばそこまで高くない……んだが、そう思うのは僕の金銭感覚が破綻《はたん》しているのだろうか？

「「はっ！　たいへんだ！」」

喜んでいたはずの子供達が、急に何かに気づいたように真顔になった。

「え、急にどうしたんだ？」

「おかねが！」

「ない！」

「……ああ」

僕が慌てて理由を聞くと、子供達は絶望的な顔をしながら自分達が財布にしている革袋を鞄から取り出していた。

……どうやら手持ちの現金が足りないことに気がついたようだ。

大銀貨以下はとりあえず制限していないが、金貨は一枚まで。それ以上の硬貨は持ち歩かないようにさせているからな。そうなると、確かにストールの代金分は持っていないだろう。

まあ、年齢的にはむしろ持っているほうだろうけどな。

「……お兄ちゃんが持っているから大丈夫。というか、支払いはギルドカードでもできると思うよ。――え、できますよね？」

「ははは～。できるできる。安心しろ」

高額取引の場合、現金ではなくカードから引き落とすることができる。僕は一度もやったことはないけどね。

一応、アル様に確認してみたが、大丈夫のようだ。

「それは良かった」

「「よかった～～～」」

これで駄目だと言われたら、マジックリングのために急いでギルドにお金を取りに行かないといけなかった。

「「はい、ギルドカード」」

「あ、うん、支払いは後で纏《まと》めてだな」

「「そうなの？」」

「そうなんだ」

早速とばかりに子供達がギルドカードを差し出してくるので、鞄にしまうように促した。

「ところで、タクミ、これは聞いていいものかわからないが……子供達にはいくら持たせているんだ？」

「現金をですか？」

「いや、預金のほうだ」

「あ～……覚えてないですけど、結構？　それなりに入っていると思いますね」

「……ああ、うん、タクミならそうだと思ったよ」

「いや、だって、子供達も稀少な薬草とかを見つけてくるんですよ。それを売ったら、当然子供達のほうにも預金しますよね？」

本来なら、クリスタルエルクの角の代金だって子供達のものだと思う。だけど、それは僕の口座のほうに振り込まれている。

「下手したら子供達の報酬が、逆に僕の預金のほうに入っている状況ですね、きっと」

「……本当にか？」

「本当ですよ。嘘《うそ》を言ってどうするんですか。まあ、子供達は預金の詳しい数字は知らないですけどね」

子供達は自分がどれだけ稼いでいるかなんて知らないだろう。というか、採取したものや討伐した魔物素材を全部売っているわけではないので、正確な数字を出そうにも出せないのだけどね。

「「はっ！　おにぃちゃん、あれ！」」

「ん？　今度は……ステッキ？　あ、魔道具か？」

「「そう！　おじぃさまに！」」

「いいと思うぞ。じゃあ、手に入れられるように頑張れ！」

「「おー！」」

今度はルーウェン伯爵であるマティアスさんへのプレゼントを見つけたようで、子供達はやる気を見せながら競りに参加する。

「あれは……役に立つのか？」

「自己防衛用ですかね？　襲撃犯がいたとして……撃退することはできないと思いますけど、相手を一瞬ひるませて、その間に次の手に出ることはできそうですね」

ステッキの先端を思いっ切り地面に叩きつけると、閃光《せんこう》が発生する魔道具のようだ。

「「やったー！」」

魔道具としては微妙なものだからか、わりとあっさりと子供達が競り落とした。まあ、ステッキ自体がとても良い意匠《いしょう》なので、魔道具云々を気にせずに使ってもらえればいいだろう。

「「あっ！　あれもあれも！」」

「今度は……ヴェリオさん用かな？」

「「せいかい！」」

どうやら二人は、ルーウェン家の家族全員分のものを見つけるつもりのようだ。

ヴェリオさんには懐中時計《かいちゅうどけい》のような魔道具。ヴェリオさんの奥さんのアルメリアさんとヴァルトさんの奥さんのロザリーさんには装飾品と……次々と落札していった。

「「……むぅ」」

「お眼鏡《めがね》に適うものは見つからないか～」

と、そこまでは順調だったのだが、ヴァルトさん用の品がなかなか見つけられずにいた。

「ちなみに、どんなものがいい……とか決まっているのか？」

「「えっとね……けん、とか？」」

「武器か～」

ヴァルトさんは使う武器は、剣。それも炎を纏《まと》っても問題ないような剣だ。たぶんだが、良いものを使っているはずだ。それ以上、もしくは同等のものとなると……難しいような気がする。

「それはオークションじゃ見つからないような気がするな～。それこそ迷宮とかで手に入れるものじゃ……ん？」

「「んにゅ？」」

「……突然だけど、『細波《さざなみ》の迷宮』で手に入れた剣があったよな～と思い出した」

「「あっ！」」

僕の言葉を聞いて、アレンとエレナも思い出したようだ。

『細波の迷宮』を攻略した時、最後の部屋の宝箱から火魔法が付与された魔法剣を手に入れたのだ。

まあ、剣は剣でも大剣の部類に入ると思うけどな。

「よし、この際だから、その剣をヴァルトさんに押しつけよう！」

「「おしつける！」」

《無限収納《インベントリ》》で死蔵されているものなので、手放しても問題ない。なので、ヴァルトさんのサブ武器にでもしてもらおうかな。

「……おいおい」

僕と子供達の会話を聞いて、アル様が呆れたような表情をしていた。

「タクミ、押しつけるって……言葉が悪いぞ」

「あ、すみません。でも、普通に受け取ってもらえない気がしたんで、やはり押しつけることになりそうですから」

たぶん？　絶対？　何となく普通には受け取ってもらえない予感がするのだ。

「そう言うってことは、良いものなんだな？　迷宮で手に入れたと言っていたが、何階層くらいで手に入れたものだ？」

「中級の最下層ですね」

「はぁ⁉　タクミ、それはかなり良いものではないか？」

「そうかもしれませんけど、僕には扱えないものですし？」

アル様が驚きの声を上げる。だが、良いものだろうが何だろうが、大剣は僕のほうが振り回されそうなので扱えないのなのだ。

「なので、今回のどさくさに紛れて渡すことにします。——アレンとエレナもそれでいい？」

「「うん！　おしつける！」」

……〝押しつける〟が気に入ってしまったようだ。言葉遣いには気をつけよう。

「というわけで、あとはルカリオくんのものだな」

「「そう！」」

「ん？　午前のぬいぐるみは？」

「「あっ！　あれでもいいね！」」

巨大のぬいぐるみは勢いで競り落としたが、ヴェリオさんの息子のルカリオくんへのプレゼントにしても良さそうだ。

「まあ、他に探してみて何もなかったら、ぬいぐるみにするか？」

「「そうする～」」

アレンとエレナもぬいぐるみは絶対に自分達のもの！　というわけではなさそうなので、これで一応、ルーウェン家族全員分は確保できた。


昼の部が終わり、休憩のうちに晩ご飯を済ませた僕達は、夜の部が始まるのを待つ。

会場はびっちりと埋まっているところを見ると、やはり夜の部がメインになるのだろう。

「「はやくはじまらないかな～」」

アレンとエレナは既に楽しそうにしており、手すりに掴まって階下を眺めていた。

「紳士淑女《しんししゅくじょ》の皆様、お待たせしました！　これより夜の部を開催いたします」

「「はじまった！」」

開始の合図があると、アレンとエレナは嬉しそうにしながらひょこひょことつま先立ちを繰り返す。

「記念すべき最初の品はこちら！　天の雫です！」

「あ！　アレンの！」

「エレナのかも？」

最初の一発目から天の雫が登場した。

アレンとエレナがうきうきしながら指を差す。

「最初にこれが来るんですね～」

「最初が肝心だからな。盛り上がりに欠けるものを出して、場を白けさせる事態だけは避けたいんだよ」

確かに、場が盛り上がらずに値が競り上がらないのは、開催者からしたら問題だからな。そういうことも考えて順番なども決めているんだろうな～。

「「いっぱい！」」

「そうだね。参加者がたくさんいるな～。そして、どんどん値が上がるな～」

自分達が出品したものなのでのんびりと観戦していたら、思っていた以上にどんどん値が上がっていく。

「「あ、きまった！」」

「うわ～。今までアレンとエレナが競り落としたものの代金を取り戻したよ」

「「すごいねぇ～」」

無事に落札者が決まった。

それにしても……運気が上がるかもと言われているが、本当かどうかも定かではないのに大金を出すんだな～。

手数料が引かれるとはいえ、それでも大金が手に入ってくるのに、アレンとエレナは暢気《のんき》な雰囲気を醸《かも》し出している。

「こちらの天の雫を手に入れられなかった方々に朗報です！　何と！　本日はもう一粒の天の雫がございます！」

司会者の言葉を聞き、会場が盛り上がる。

「わ～、盛り上がっているな～」

「「みんな、ほしい？」」

「そうみたいだな」

「「アルさまは？」」

「ん？　私か？　私も一度でいいから、食べてみたいとは思うな」

アレンとエレナはアル様の返事を聞くと、自分達の鞄をごそごそと漁《あさ》る。

「「はい！　あげるね」」

そして、鞄から天の雫が入った瓶を取り出して一粒指に摘まむと、アル様に向かって差し出した。

「はぁ!?　いやいやいや！　タクミ！」

アル様は一瞬、呆けた顔をしていたが、大慌てで助けを求めてくる。

「アレン、エレナ、二人ともアル様にあげるのかい？」

「「あっ！」」

「いや、タクミ、違う！　そういうことじゃない！」

僕はわざとアル様の求めていたものと違う助言をする。

「えっとね、これはアルさま！」

「じゃあ、こっちは……ナジェにぃ！」

「えっ!?」

最初はアレンとエレナが二人してアル様に差し出していた。だが、僕が指摘した後は、アレンはアル様に、エレナはアル様の後ろで警護していたナジェークさんに変更した。

突然巻き込まれたナジェークさんは、驚きのあまり呆けた表情をする。主従揃って似たような反応だ。

「「はい！」」

「……タ、タクミ」

「……タクミさん？」

アル様とナジェークさんがおろおろしている。

「食べてほしいみたいですよ」

「いやいやいや！　おいそれと受け取るわけにはいかないだろう!?」

「「どうして？」」

「今さっき、競り落とされたのを見ていただろう!?　その一粒は高価な品なんだよ」

「そうです！　今だって値が吊り上がっている最中なのですよ！」

「「べつにいいよー？」」

アル様とナジェークさんが懇切丁寧《こんせつていねい》に説明するが、子供達にとって金額云々は関係ないようだ。

まるで〝それがどうしたの？〟と言わんばかりの表情で首を傾げている。

「「あのね、あのね」」

「まだまだいっぱい」

「あるんだよ！」

「「ほら！」」

アレンとエレナは天の雫の入った瓶を見せるように掲げ、軽く振ってカラカラと音を鳴らす。

まだそんなにあるとは思っていなかったのか、アル様とナジェークさんだけでなく、他の護衛や従者、代理人さんが驚いたように唾《つば》を呑み込んでいた。

先ほど、子供達が瓶から一粒取り出した時は、瓶の中身まで見えてなかったんだな。

「え、さっき自分達の鞄から取り出していたよな⁉」

「ん？　そうですね」

「そうですね……じゃないだろう⁉　大金を持たせているのと変わらないんだぞ⁉」

「ん？　あ～……普段は人前で出さないで、こっそり食べるように言ってありますから、誰も持っているのは知りません」

「それで済む話じゃないだろう⁉」

僕達にとってはそれで済む話でも、アル様達にとっては重大なことのようだ。

とはいえ、天の雫を僕が回収したとしても、アレンとエレナの鞄の中にはミスリルナイフとか真珠とか……子供に似つかわしくない荷物がまだまだ入っているしな～。

「アレン、エレナ、どうする？　それ、子供が持っていたら駄目だって」

「「だめなの？」」

「だってさ」

「「じゃあ、たべちゃう？」」

「「えぇ⁉」」

アル様とナジェークさんは、僕に預けるという答えを期待していたのだろう。だが、子供達の結論は〝食べてしまう〟だったため、揃って驚きの声を上げていた。

「あ、二個目の天の雫の落札が決まったみたいだな」

「「おわっちゃった？」」

そうこうしているうちに天の雫の落札が終わっていた。

「まあ、残っている天の雫をどうするかは後で決めようか。それよりも、次の品が出てくるぞ」

うっかりマジックリングの出品を見逃したりしたら後悔する。

「「そうだね～」」

「はい、アルさま」

「はい、ナジェにぃ」

アレンとエレナはアル様とナジェークさんの手に無理やり持たせると、オークションに集中するために手すりに戻る。

「うわっ、油断した。――アレン、エレナ、返すから」

「「やぁ～」」

「本当にお願い！」

「「むり～」」

アレンとエレナは完全拒否の態度でアル様のほうを見ようとしない。

「「おにぃちゃん、おにぃちゃん！　あれ！」」

「え？　結界石の……完全遮断版か。へぇ、良さそうだな」

通常の結界石の効力は、魔物の侵入を阻むものだ。だが、オークションに出されたものは、魔物は当然だが、人の侵入も阻むもののようだ。

「「いい？」」

「うん、お願い」

一度発動すれば仲間でも出入りはできなくなるというデメリットはあるようだが、それでも手に入れておきたい品だ。

落札するようにお願いすれば、子供達は嬉々として競売に参加する。

「タクミ、本命が出る前に資金を減らして大丈夫か？　というか、これを引き取ってくれ」

「それは諦めてさっさと口に入れてください。そして、資金については……まあ、足りなくなったら、アル様が貸してください。数日中にお返しします」

アル様が天の雫を持て余しながら軽く揶揄《からか》ってくるので、こちらも軽い冗談を返しておく。

「あ、それか、飛び入りでオークション出品は可能ですか？　とっておきのものを出しますよ！」

「タクミのとっておき……よくわからないが、かなり怖いから止めてくれ」

「そうですか？　今回オークションに出した倍の大きさの真珠とか、ペガサスの羽根《はね》とかが精々《せいぜい》ですけどね」

「……どうして言っちゃうんだ⁉　聞きたくなかったぞ！」

「というか、そろそろ手に持っているのも邪魔でしょう？　食べちゃってください」

アル様は耳を塞ごうとする仕草をするが、摘まんでいる天の雫が邪魔をしている。

そろそろ諦めて食べちゃえばいいのにな～。

「「やった！」」

「お、アレン、エレナ、ありがとう」

アル様と話している間に、アレンとエレナが結界石を落札していた。

貴族の方々には無縁なものだったのか、開始価格に近い値段で手に入れられたようだ。

「次はこちらです」

続いて、司会者が小さな瓶を掲げる。

「滅多に手に入ることのないクリスタルエルクの角の欠片《かけら》です！」

「「「「おぉーーーー！」」」」

商品の正体が伝えられると、参加者達から歓声が上がる。

「えっ!?　あれ!?　あの瓶に入ってるってことは、豆粒《まめつぶ》くらいの大きさですか!?」

「あのな、タクミ、クリスタルエルクの角は稀少なんだ。とんでもない高額な品なんだよ。大きいものをオークションに出せるわけがないだろう！」

少量、と聞いてはいたが、あそこまで少量だとは思わなかった。

さすがに拳サイズくらいのものが出てくると思い込んでいた僕は驚きの声を上げたが、軽くアル様に叱《しか》られる。

「こちらは身体欠損用のポーションを一本製作できる量です。もちろん、本物であることは城の鑑定師のお墨付《すみつ》きです！」

なるほど、ポーション一本分か。そういうことなら、あの豆粒くらいの欠片《かけら》でも納得できる。

そして、開始と同時にびっくりするくらいどんどん値が上がっていく。

「凄いな〜。そんなにポーションを欲している人がいるんですね〜」

「何人かは転売目的で参加している商人だな」

「……転売ですか」

「クリスタルエルクの角を欲していても、ここに来ていない者にさらに高値で売る……っていうのも残念ながらある。まあ、転売だけとは限らないな。融通してもらいたい取引先に提示する品にするとか、顔繋ぎのための手土産とか……いろいろ考えられるな」

「うわ～。いろいろあるんですね～」

純粋にクリスタルエルクが必要で欲している……っていう人達だけじゃないってことだな。

「残りは……十名になりましたね！　異例中の異例！　ここにクリスタルエルクの角の欠片が十あります。残っている十名全員に落札の権利を差し上げます！」

「えっ⁉　アル様⁉」

「言ってなかったか？」

最初からクリスタルエルクの角は、十点用意されていたらしい。

欠片十個なら、確かにまだ少量の部類なので、アル様の言っていることに間違いはない。全部の量を合わせても拳サイズにならないしね！

ちなみに、オークションに出したものは国で引き取ったものではなく、残っていた僕の手持ちから出品したので、落札金は僕に……ということになっている。

「やっぱり国から出品したことにしません？」

「それだと国が転売したことになるだろう！」

「僕は問題ないです！」

「国として問題あるから却下《きゃっか》！」

「えぇ～」

ちょっとくらい良いと思うんだけど……頑《かたく》なだな～。

「次は収納の魔道具、マジックリングです」

「お、マジックリングだ！」

僕の本命、マジックリングが登場した。

残念ながら時間経過は少しだけゆっくりになる程度ということだが、容量はこの会場くらいのものが入るらしい。

「「おにぃちゃん、ほしいやつ？」」

「そうだよ。よし、アレン、エレナ、お兄ちゃんの代わりに頑張れ！」

「「わかった！」」

嬉々として子供達が競売に参加する。

時間軽減の効果がほとんどないものだからか、競売に参加する人数はそれほど多くないように見える。

「……気のせいですかね？　この調子だと、クリスタルエルクの角で得られる収益でいけそうな気がするんですが……」

「ははは～。本当だな。良かったじゃないか！」

値が上がるペースを考えると、思っていたよりも低価格で手に入りそうな予感がある。

わりと大金を使うことになると思っていたので、肩透《かたす》かしを食らった気分だ。

「ところで、タクミ……――」

「何です……いい加減、食べたらどうですか？」

先ほどからアル様が、合間合間に天の雫を僕に渡そうとしてくるので、僕は呆れた表情を作って返す。

「はいはい、どーぞ」

なので、くいっ……とアル様の手を掴んで強制的に口へと運ぶ。

「……んぐっ」

「ナジェークさんもお手伝いが必要ですか？」

「い、いえ、その……これはお土産にしてもよろしいですか？」

「はい、いいですよ」

僕とアル様のやり取りを見たナジェークさんは、少々引きつった表情をしながら天の雫を大事にハンカチに包んでポケットに入れた。どうするかは帰ってから落ち着いて考えるのかな？

「タ、タクミ!?　た、食べ、食べて……」

「ただの甘いものですって」

「いや、でも！」

「気にしない。気にしない」

アル様がおろおろしているが、半分無視しておく。

「かったよ！」

「おにぃちゃん！」

そうこうしているうちに、アレンとエレナがマジックリングを競り落としていた。

「あ、本当!?　ありがとう！」

「「どういたしまして！」」

最終的にいくらになったのか見ていなかったが、無事に競り落とせたので良しとしよう。

それからも、オーディションは続いていく。

「「わぁ！　あれすごい！」」

「ん？　へぇ～、あんなものもあるんだ～」

「「そうなの！」」

次の出品も魔道具で、宝箱のようなものだ。ただし、箱を閉めた本人にしか開けられないというものらしい。魔力は指紋《しもん》やＤＮＡのように全員が違うって話だから、それで判断するのだろう。

でも気になるのは、双子の魔力はどうなのか……というものだ。双子のＤＮＡはまったく同じだって言うしな。あ、でも、アレンとエレナは性別が違うから二卵性か？　ということは、ＤＮＡ

は違うのか？　でも、それが魔力に適応されるかはわからないよな～。

「「ねぇ、かう？　かっていい？」」

「ははっ。まあ、何かに使えそうだし、いいよ」

「「わ～い」」

競り落としたら、ちょっと試してみよう。

というか、子供達は本当にオークションを堪能《たんのう》しているな～。

「夜の部でも次々と競り落とすな～」

「まあ、今手に入れなかったら、次にお目にかかる機会がいつになるかわかりませんしね」

夜の部に出品するものは、本当に珍しいものばかりだ。

買おうと思っても簡単に買えないものばかりなので、逃さないほうがいいだろう。

「アレン、エレナ、いけそう？」

「だいじょうぶ！」

「いける！」

〝値が上がりすぎたら諦める〟というのも覚えさせたほうがいいのでは……と悩むところだが、残念ながらどこまでいったら〝上がりすぎ〟だ、という判断が僕にはできないんだよな～。

まあ、破産だけしないように見張っておけばいいかな？

「「きた！」」

「お、いけたか」

「「いけた！」」

無事に落札できたようだ。

「「つぎはなにかな～？」」

「次は……僕が出した染料っぽいな」

「「なんだ～」」

次は僕が出品したものなので、わくわくが半減。そもそも買うかどうか検討するしない以前のものなので、子供達のテンションは急激に落ちた。

「落差が激しいな～」

手すりから離れて椅子に座る子供達を見て、アル様が苦笑いしていた。

「まあ、落ち着く時間があってちょうどいいんじゃないですか？　ずっと興奮させているわけにはいきませんからね」

体力のある子達とはいえ、四六時中はしゃいでいては疲れるだろう。こういう催《もよお》しは程々で楽しんだほうが絶対にいい。

「アレン、エレナ、お腹は減ってない？」

「「ちょっと？」」

「じゃあ、おやつを食べるか。何が良い？」

晩ご飯が少々早めの時間だったので、今のうちに子供達に間食をとらせておく。

「「おにぎりー！」」

「……甘いものじゃないんだ。まあ、いいけどさ～。今あるのは……ツナマヨでいい？」

「「うん！」」

「タクミ、私にも！」

「はいはい、わかりましたよアル様」

染料の競りが行われている少しの間、僕達は休息を取った。

「次の品は遠見の魔道具です。肉眼では小指くらいの大きさに見える人が、これを使うとどんな表情をしているかまで見えるそうです」

「「おぉ！」」

休息も束《つか》の間、望遠鏡とか双眼鏡の類《たぐい》の魔道具が登場した瞬間、子供達は前のめりになった。

「なかなか良い性能っぽいな。――アレン、エレナ、競り落とすか！」

「「うん！」」

何かと役に立ちそうな魔道具なので、競り落としておくことにする。

僕からしたら双眼鏡は珍しいものではないが、前の世界とは違ってここでは、こういう道具が欲しいな～と思っても簡単に買えないんだよね～。

「「いけた！」」

すっかり競りに慣れた子供達が、楽々と手に入れた。

「――あ、あれ、しってる！　おてがみをおくるやつ！」

「そうだな」

次の品は、簡易版の転移の魔道具のようだ。

「そうだ、タクミ！　資金に余裕があるなら、是非ともあれを落札して持ち歩いていてくれ！」

「ん？」

「あの魔道具を持っていれば、いつでも連絡が取れるようになる！」

すると、その魔道具を見て、アル様が良いことを思いついたとばかりに提案してきた。

あれがあれば、僕達がどこにいようとも関係なく直接手紙が送れるってことか。

「えっと……ですね」

「どうした？」

どこの迷宮だったかな？　確か、宝箱か何かで手に入れて……そのまま《無限収納》《インベントリ》で眠っているはず。……眠っていたよな？　売っては……いないよな？

「……ごめんなさい。持っています」

「はぁ!?　持っているのかっ!?」

転移の魔道具を持っていることを正直に告げると、アル様が驚きの声を上げる。

「いつから持っていた!?」

「えっと……いつだったかな～？　迷宮で手に入れたのは覚えているんですけど……どこだったのかがさっぱり覚えていなくて……」

「『んとね……ベイリー？』」

「ベイリーだったか？　じゃあ、細波の迷宮だな」

子供達も記憶はあやふやのようだが、僕よりは覚えていそうだ。

「後で、その魔道具の認識コードを教えてくれ。というか、保護者全員に伝えておけ！」

保護者？　まあ、後見してくれているってことは、保護者と言っても過言じゃないのか？　となると、ルーウェン家とリスナー家だな。

「教えるのは良いんですけど……転移の魔道具って、《無限収納《インベントリ》》とかマジックバッグに入っていても届くものなんですか？」

「確か、大丈夫だったはずだ。ものが届く予兆があると、音が聞こえるらしい」

「音が？」

もしかして……シル達神様から何かが届くと脳裏に響く――ピロンッ♪　という音。あれはシル達だからじゃなくて、転移の魔道具仕様なのかな？

「王都を出る前に試してみます」

「それがいいな。送る側は私が受け持つ。後日、城に来てくれ」

「わかりました」

お城にある転移の魔道具から手紙を送ってみてくれるってことだろう。ありがたく実験につき合ってもらおう。

「――さて、最後の品はこちらです！」

その後、自分が出品したものや特に欲しいと思わなかったものの落札を見ながら過ごしていたが、いよいよ最後の品となったようだ。

「最後が青薔薇の滴か～」

「あれは欲している者が多いからな」

競売が始まると、大勢の人達が参加していた。

「凄い人だな～」

「まあ、このくらいなら予想通りだな」

「そうなんですか？　まあ、僕も欲しがる人がいるっていうのはわかっていましたが……さすがにここまでだとは思いませんでしたね」

何ていうか、子供が欲しくてもできない人の最終手段だと思っていたからな。

まあ、競売に参加している人全員が、最終段階ってわけではないか。これにも転売目的だったり、顔繋ぎのお土産にする商人も参加しているんだろうけどな。

「お、一つ目が決まったな」

「白熱していましたね」

落札した者と駄目だった者の表情の落差が激しい。

だが、二つ目の青薔薇の滴が登場すると、会場は大盛り上がりした。

「おぉ、これはまた凄い盛り上がりだな～」

「クリスタルエルクの角の時みたいに三個まとめて一度で決定じゃなくて、天の雫の時みたいに行くんですね」

「まあ、最後の品だしな」

二個目の青薔薇の滴の競売も白熱し、さらに駄目押しとばかりに三個目の薬が登場すると、会場に歓声が上がった。

だがまあ、さすがに司会者はこれが本当の最後だと念を押している。まだあるのではないかと参加者達に期待させないようにだな。

そうして無事に、最後の青薔薇の滴も落札され、これで競売は終了となった。

「「おわっちゃった～」」

「ははっ、そんなに楽しかったのかい？」

「「うん！　たのしかった！」」

司会者が閉会の挨拶をすると、子供達はがっかりした様子を見せる。

「アレン、エレナ、また一緒に来るか？」

「「いいの！　きたい！」」

「ああ、もちろん、いいぞ」

オークションを大変気に入ったようだな。

「この規模のオークションは年に二回。年の初めと夏の終わり頃だ。その時に王都にいるなら一緒に来よう」

「『やくそくだよ！』」

「ああ、約束だ」

しっかりとアル様と次の約束を取り付けていた。まあ、いいけどね。僕も見ている分には楽しかったし、掘り出し物があると嬉しいからな。

「それじゃあ、タクミ、今日はつき合ってくれてありがとうな。いや～、タクミ達がいるだけで飽きるどころか、最初から最後まで楽しかったわ～」

「ははは～。退屈せずに済んで良かったですよ」

立場もあってオークションには積極的に参加しないという話だったから、ずっと見ているだけなのは、さぞ退屈だったのだろう。アル様が楽しかったのなら本当に良かったよ。

「まあ、僕も楽しかったですし、それに欲しかったものも手に入りましたしね。またよろしくお願いします」

「ああ、その予定を伝えるためにも転移の魔道具を実用させよう！　明日の午後にでも早速、城に来られるか？」

「明日ですか⁉　早速すぎません？」

「タクミ達は近々王都を離れるのだろう？　ならば、早めに済ませたほうが絶対にいい！　何か突発的な出来事があって、急にタクミ達が王都を旅立ったら後悔するからな！」

「……」

何だか今、アル様にフラグを立てられたような気がするんだが……気のせいだよな？

「急な旅立ちの予定はないですけど……」

そういえば、オークションが終わったら上級迷宮に行くという話になっていたが、いつ出発すると具体的に決めていなかったな～。子供達と相談しないとな。

「まあ、明日の予定は決まっていなかったですし、アル様が大丈夫なら伺《うかが》いますよ」

「よし。じゃあ、待っているからな」

「了解です」

とりあえず、アル様の要望通り、明日は転移の魔道具の試運転をしてしまおう。

「アレン、エレナ、落札したものを受け取りに行くよ～」

「「は～い」」

最後に落札したものを受け取りに行き、精算となったのだが……やはり支払いをすることにはならず、売上金を受け取ることになった。

「……おかしいな～」

「「おかしいの？」」

「お金を使おうとしたのに、全然使ってない」

「「おかしいね～？」」

「だよな～」

預貯金を使う予定だったのに、減らすどころか増えてしまった。

「「おにぃちゃん！」」

「つぎはもっと！」

「いっぱいかう！」

「そうだな。次にオークションに参加する時は、欲しいものはどんどん買うべきだな」

というわけで、次回のオークションはお金を使うことを目標にしたのだが、そもそも出品しなければいいということに後から気がついたのだった。

◇　◇　◇

オークションの翌日、僕達はルーウェン邸の与えられた部屋の中で、戦利品を改めて見ていた。

ジュール達契約獣のみんなも一緒だ。

《お兄ちゃん、これってマジックリング？》

「そうなんだよ！　昨日のオークションに出ていたから手に入ったんだよ」
《えぇ⁉》
ジュールが目敏《めざと》くマジックリングを見つけたので、僕は嬉々として手に入れた経緯を説明する。
すると、ベクトルが驚いたような声を出した。
《兄ちゃん！　じゃあ、迷宮に行かないの⁉》
どうやら、マジックリングを手に入れるために上級の迷宮に行くという話だったから、マジックリングを手に入れたことでもう行かないと思ったようだ。
「「えっ⁉　そうなの⁉」」
しかも、アレンとエレナがベクトルの言葉を真に受けていた。
「いやいや、行くよ」
「「だよね～。びっくりした～」」
「約束だしね。というか、マジックリングはたくさんあったら便利だし、引き続き探すよ～」
ジュール達全員に行き渡る個数と、目標は高く設定しておこう。
《もぉ～、兄ちゃん、驚かせないでよ～》
《ベクトルが勘違いして、先走っただけなの！》
《痛っ。マイル、痛いよ～》
《痛くしているの！》

マイルがベクトルの頭に乗り、額をぺしぺし叩いている。教育的指導が入ったようだ。
《お兄ちゃん、このマジックリングは誰が身に着けるの？》
「僕としてはフィートか、ボルトがいいかな～……って思っているんだけど、どう思う？」
《そうだね。ボクもフィートとボルトのどちらかでいいと思うよ！》
しっかり者でみんなのお姉さん的存在のフィートか、同じくしっかり者で機動性が抜群のボルトに身に着けてもらうのが一番だと思っている。
《えぇ⁉　オレじゃないの⁉》
「……ベクトルか～」
一番自由奔放《じゆうほんぽう》に活動して、倒した魔物などを運ぶのに苦労しているのは、間違いないベクトルだ。だが、何故かマジックリングを持たせてはいけない気がしている。
《ベクトルにマジックリングを持たせたら駄目に決まっているの！　今までも自重していないのに、さらに自重しなくなるの！》
「……」
僕もマイルと同意見だ。
《私はボルトがいいと思うわ》
《ぼくですか？》
フィートはボルトを推す。

《だって、私よりもボルトのほうが飛ぶのが速いもの。連絡とか、運搬《うんぱん》とか……何かと必要になりそうじゃない？》

「あ～、ちょっと待って！　そうなると、僕が気安くボルトに運搬系の仕事を多く頼むようになる気がする～。それはまずい」

《兄上、それなら喜んで承ります！　どんどん言ってください》

僕は思わず躊躇《ちゅうちょ》したが、ボルトが胸を張ってそう言った。

「本当に嫌じゃないのか？」

《はい！》

「そうか。じゃあ、ボルトがマジックリングを着けて」

《ありがとうございます》

マジックリングの装着者は、ボルトに決まった。やはり行動の自由が利くのを活かせると便利だからな。だが、便利だからといって、ボルトを酷使《こくし》しないように気をつけよう。

「次は……お土産を配りに行くか」

「「うん！　いく！」」

続いて、オークションで手に入れたルーウェン家へのお土産を配ることにする。

みんな喜んでくれたが、本日ヴァルトさんは仕事でいなかったため、渡せなかった。

後日渡せばいいのだが、せっかくなので、ロザリーさんの許可を得て、そっとヴァルトさん達の部屋に剣を忍ばせてもらった。それを見つけた時の反応については、ロザリーさんが確認してどうだったか教えてくれるように頼んだ。

断られるかな～……と思ったが、ロザリーさんはくすくす笑いながら了承してくれた。意外とノリが良い人だ。


お土産を配り終わると、僕達は約束通り、アル様に会うために城へ向かう。

「タクミ、よく来たな。こっちだ」

「はい……えっ⁉」

ご機嫌なアル様に出迎えられて案内された応接間には、国王のトリスタン様と王妃《おうひ》のグレイス様も待っていた。

「タクミ、転移の魔道具を所持しているんだってな。どうして黙っていたんだ！」

「どうしてって……持っているのを忘れていました？」

「……」

席に着くとすぐにトリスタン様から、転移の魔道具について追及される。

まあ、僕が答えられる返事は決まっているので、それを伝えるとトリスタン様は口を開けて固まっていた。そんなに予想外だったのかな？

「ふふっ、タクミさんらしいわね～」

「タクミが持っているって言った時、〝そういえば〟っていう顔をしていたしな」

「あらあら」

グレイス様がおかしそうに笑う。

「いいか、タクミ！　これからは大変なことをやらかした時は、すぐさま連絡を寄こすんだぞ！　すぐにだぞ！」

「……」

「アレンちゃん、エレナちゃん、これからはもっといっぱい手紙を送ってちょうだいね」

「「は～い」」

これを言うためにトリスタン様とグレイス様は、僕達が来るのを待っていてくれたらしい。必要最低限のことだけ伝えると、執務があると言って早々に部屋を出ていった。

しかし……やらかした時って、クリスタルエルクの角のようなことか？　そんな案件はそうあることじゃないだろうに、トリスタン様も心配性だな～。

「えっと……認識コードを教えるんでしたよね？　アル様、その認識コードっていうのはどこに書いてあるんですか？」

僕は《無限収納《インベントリ》》から転移の魔道具を取り出し、認識コードを探す。

昨日、もしくは今日の午前中のうちに確認しておけば良かったのだが……忘れていたのだ。

「タクミ、まずは所有者登録だ。上の水晶に触れて魔力を流してみてくれ」

「あ、はい」

アル様の説明に従って、所有者登録を行う。

「迷宮で手に入れたものということは、間違いなく初期状態だから、最初に魔力を流したものが所有者になる。だが、この魔道具のように一度所有者を決めたら、タクミが許可を出さないと所有者の変更などはできなくなる」

「なるほど」

所有者が決まっているものを無理やり奪っても使えないってことだな。

「次は使用者登録だな。所有者はもちろん使えるが、所有者以外にも使用許可を与える場合は、魔力の登録を行う。操作はもちろん所有者しかできないからな」

「へぇ～。ということは、使用者登録の抹消《まっしょう》とかも所有者権限ってことですね」

「そういうことだ」

「なるほど～。とりあえず……――アレン、エレナ、登録しておこうか」

「「うん！」」

「あ、登録って複数できるんですよね？」

「ああ、制限はないな」

普段は僕の《無限収納《インベントリ》》に収まっていることになるので勝手に使うことはできないが、登録だけはしておくことにする。

「ちなみに……所有者が亡くなった場合はどうなるんですか？」

「使用者登録がされていれば使うだけならできるが、登録はできなくなるな。だがまあ、所有者登録も複数できるから、使えなくなるのを避けるために複数人の登録をするのがほとんどだな」

「あ、じゃあ、アレンとエレナも使用者じゃなくて、所有者にしておこうか」

魔道具に触れていると、脳裏に何となく使い方が浮かんでくるので、アレンとエレナに魔力を流してもらって登録を行う。

「登録が終わったら認識コードの確認をしてくれ。考えれば浮かぶ」

「はい……――あっ！」

僕が認識コードについて考えていると、文字と数字が混じった羅列《られつ》が脳裏に浮かんでくる。

魔道具の外側に書かれているわけではなかったようだ。

「浮かんだな。そのまま教えてくれ」

僕は促されるまま認識コードを口に出す。

すると、アル様がいつの間にか用意した別の転移の魔道具に触れていた。登録作業をしているのかな？

「こちらの認識コードを言うから、タクミも登録してくれ」

「登録は……えっと？」

「私が言った羅列を脳内で復唱すればいい。いいか、言うぞ？」

アル様の言う羅列を脳内で繰り返すと、魔法陣が浮かんできた。

これはあれだ。シル達にものを送る時に使う魔法陣と似たようなものだ。たぶんだが……文字の一部、転送先指定の部分が違うのだろう。

魔法陣が脳裏に浮かぶと、それを登録するか確認されたので、登録を行う。

これはなかなか高度な技術を集結した魔道具みたいだな。まだ人の手では作られていないと聞いた覚えがあるが、それも納得だ。

「あ、できたみたいです」

「そうか。とりあえず、これで最低限の操作は完了だな」

「意外と簡単なんですね」

本当にあっさり終わった。

全部脳内操作とか、本当に高性能な魔道具だな～。

「登録者以外だとまったく稼働しないから、簡単も何もないけどな」

「えっと、そちらの魔道具を触ってみてもいいですか？　あ、登録していない人が触ったら壊れるとかはないですよね？」

「それは大丈夫だから、問題ないぞ」

登録していない魔道具だとどういう感じになるのか試しに触らせてもらったが、本当に何も反応がなく、ただの置物のようだった。

「あ、そうだ。タクミが登録している認識コードはまだ一件だからどこのだかわかるが、数が増えた場合、わからなくなるだろう？　認識コードに名称登録もできるから、ここのものだと登録しておいてくれ」

どれが誰だと覚えておく必要はないんだな。それは良かった。

「あ～……ちなみに、その魔道具は城の備品ですか？」

「これは私達王族が私用で使うものだ」

「……」

プライベート用の魔道具なのか。それは……僕に教えてくれて良かったのだろうか？

とりあえず、登録者以外は操作できないとしても、僕が持っている魔道具がガディア国の王族と通じていることは知られないようにしよう。

「えっと……登録できました」

認識コードの名称は『ガディア国王家』にしておいた。他人は勝手に確認できないので、そのままわかりやすい名称でも大丈夫だろう。

「では、次は使ってみるか」

「あ、はい、そうですね」

次に転移の魔道具の使用実験を行うことにした。

あれだね。《無限収納《インベントリ》》に魔道具を入れていても、手紙などが届いたことがわかるかどうかの確認だ。

「まずは普通に使ってみるか」

「アレンがやりたい！」

「エレナもやる～」

「はいはい、僕がやってできたら、アレンとエレナもやってみようね」

「「うん！」」

試運転はさすがに僕にやらせてもらう。

「送れるものの大きさは転移の魔道具の本体より小さいものに限り、重量には制限はない」

「送るものはどこに置けばいいんですか？」

「本体の正面だ」

「正面？」

「支柱に印があるだろう？　それがあるのが正面だ」

「支柱？　あ、ありました」

土台となる支柱に、小さく模様のようなものが彫られていた。

それを自分の正面に来るように向け、その手前に空の小瓶を置く。

そして、魔道具に触れると〝転送しますか？〟と問われたのでそれに承諾すると、今度は転送先を選んでくださいと問われた。まあ、選択肢は他にないので、『ガディア国王家』を選択する。

そして、最後に魔力を注ぐと、魔道具の手前にあった小瓶が消えた。

「「おぉ～。なくなった」」

「ほら、次はこっちを見てみろ」

「「おぉ～。こびんがきた！」」

僕の前からなくなった小瓶が、アル様のところにある魔道具の手前に現れた。

タイムラグはそんなにないんだな。

「このまま送り返すぞ」

「「おぉ～。もどってきた！」」

「とまあ、こんな感じだ」

「「すご～い」」

きゃっきゃっとはしゃくアレンとエレナも、続いて魔道具を使用してみる。

「次はそうだな～。タクミ、魔道具の前に別のものを置いてくれ」

「はい、わかりました」

僕は《無限収納《インベントリ》》から別の小瓶を取り出して、自分の魔道具の前に置く。

そして、アル様がさっきから出してある小瓶を、王家の魔道具からこちらに転送しようと操作をすると、僕の脳裏に――ピー、ピー、ピー♪　という音が響いた。

「「「ん？」」」

「聞こえたな？」

「はい、音が聞こえます」

「「きこえる〜」」

僕だけじゃなく、アレンとエレナにも聞こえるようだ。

というか、音は――ピロンッ♪　じゃないんだな。あれはシル達専用かな？

「その音は所有者登録した者には聞こえて、使用者登録した者には聞こえないようになっているんだ。瓶をよけてみろ。音は消える」

アル様が言うように瓶をどけると音は止み、すぐさま瓶が届く。

「ものが届くのに適した環境じゃなかった場合、その音が響くようになっているようだ。なので、タクミが魔道具本体を《無限収納《インベントリ》》に収めていると、その音が鳴ると思うのだが……転移の魔道具を持ち歩くこと自体が稀《まれ》なので、実例は聞いたことがなくてな。ただ、マジックバッグは大丈夫だった」

確かに、転移の魔道具はどこかに設置して使うもので、持ち歩くことはあまりしないよな〜。

「アル様、もう一度送ってもらっていいですか？」

僕が転移の魔道具を《無限収納《インベントリ》》に入れると、アル様がすぐに転送操作をしてくれる。すると、再び――ピー、ピー、ピー♪　という音が響いた。

「「きこえた！」」

僕が《無限収納《インベントリ》》から転移の魔道具を取り出してテーブルの上に置くと、すぐに小瓶が届く。

「《無限収納《インベントリ》》の中でも問題ないようだな」

「ですね。凄いです」

これなら持ち歩いていても使用には問題ないな。

「使ってみるのは、このくらいでいいな」

「そうですね。大丈夫です」

問題はなかったことだし、試運転は終わりでいいだろう。

すると、アル様が一枚のメモ紙を渡してくる。

「それでは次だ。これはクレタ国の王族が使う転移の魔道具の認識コードだ。すぐに登録して、その紙は燃やしてくれ」

「え？」

なんでクレタ国？

「クラウド殿に連絡を取って、タクミに教えていいか尋ねておいた」

「はぁ？」

「『是非』という返事だったぞ。タクミの魔道具の認識コードは私のほうから知らせておくが、構わないな？」

「あ、はい、お願いします……って、ちょっと待ってください。いつ連絡したんですか⁉」

急な展開で理解が追いつかない。

「昨日のうちに連絡を入れておいて、今朝、連絡が返ってきたぞ」

「段取りが良すぎません⁉」

「当然の準備だな。クラウド殿にもよくよく頼まれているし」

王族同士で連絡を取り合うのはわかるが、内容に驚くし、迅速《じんそく》すぎるやりとりにはもっと驚くわ～。

でも、伝えておかないといけないことがある。

「念を押しておきますけど……僕は速やかな返答は場合によっては無理ですからね。あと、定期的なものとか何かあった時は連絡しますが、頻繁《ひんぱん》にも無理ですね」

王族相手に強気な言い分かもしれないが、簡単に連絡を取り合えるようになったからと言って、頻度を増やすことはできない。申し訳ないけどね。

だって……旅をしていると定期的なものでも忘れそうになる時があるくらいだしな。

「ああ、それはわかっている。無理しない程度に連絡をくれればいいさ。こちらからもなるべく定期的なものだけにする」

ここで強要しないからこそ、とても付き合いやすいんだよな～。

「ただ、すぐにタクミと連絡が取れるということが重要なのだ」

「それは確かにそうですね」

僕達がいる街を知っていてそこに連絡の手紙を送ったとしても、僕達が迷宮とかに行っていたらすぐに手紙は受け取れないもんな。

「「ねぇ～、おやつしよ～？」」

緊急連絡の必要性について話していると、子供達の暢気な声が遮ってくる。

「ふっ。おまえ達といると、真面目な話が長く続かないな～」

「「だめ？」」

「いや、駄目じゃないさ。おやつだったか？　お茶は用意させるが、甘味は……――タクミ、よろしく！」

大事な話ではあったがほぼ終わっていたため、子供達の要望通りにおやつタイムにすることになった。

子供達は空気を読まないわけではない。むしろ、誰よりも察して行動する。

たぶんだが、今もきちんと話が終わるのを待って声を掛けてきたのだろうな。

「はいはい。えっと、何がいいですか？」

「そうだな～。アレンとエレナの誕生日パーティで新作と言っていた……」

「ガトーショコラ？」

「レアチーズ？」

「ああ、そういう名だったな。それがあるなら、もう一度食べたいな」

「それなら出せますね」

パーティに出すために練習したからな、たっぷりと在庫はある。

「アレンとエレナもそれでいい？」

「「うん！」」

そういえば、せっかくこの世界の創造神であるマリアノーラ様からお菓子のレシピ本を貰ったのに、この二種類以外作っていなかったな～。

マリアノーラ様のリクエストでもあるし、今度、違うタイプのチーズケーキに挑戦してみよう。

「アル様、良かったら、今食べているのとは別のものを一つずつ置いて行くので、あとでグレイス様達に差し上げてください」

「おお、それはありがたい。パーティの時にお土産を貰ったが、大層気に入っていたからな。喜ぶぞ」

しばらくの間、アル様とのお茶を楽しんだ僕達は、最後にアル様に付き添ってもらって城を巡り、知り合いに旅に出る挨拶をしてからルーウェン邸へと帰った。

◇　◇　◇

お城からルーウェン邸に戻ると、玄関先でヴァルトさんが腕を組んで仁王立《におうだ》ちしていた。

「おう、三人ともお帰り」

「「ただいま～」」

「ただいまです。……ヴァルトさんはここで何をしているんですか？」

「ん？　それはタクミ達を待っていたに決まっているだろう」

凄くにこやかな表情だが、目が笑っていないヴァルトさんを見て、僕はすぐに部屋に潜《ひそ》ませておいた剣のことだと察しがついた。

「お土産……気に入りませんでした？」

「あのな、タクミ。あれは土産だと言って簡単に渡しちゃいけないものだぞ」

ヴァルトさんは、怒っているにしては穏やかな声色で話す。

「それは他人にならですよね。ヴァルトさんは兄ですから、問題ないです」

「「もんだいないない！」」

正直、この理屈がヴァルトさんに通じるとは思っていない。

「そんなわけないだろうがっ！」

「「えぇ～～～」」

案の定、通じなかった。

「いやでも、売るにはもったいないですし……だからと言って自分で使うかというと、絶対に使わなそうですし……魔法属性的にもヴァルトさんに相応《ふさわ》しいかな～と思いまして。というか、立ち話も何ですし、中に入りましょう。ね？」

とりあえず、ご立腹っぽいヴァルトさんを反転させ、背中を押しながら談話室へと誘導していく。

アレンとエレナもヴァルトさんの手を引くようにしながら歩く。

「まあ！」

そのまま談話室に向かうと、部屋に入ってきた僕達を見てロザリーさんが驚いたような顔をした。

「ふふふっ」

「ロザリー、笑うなよ」

「ヴァルト様、拗《す》ねていらっしゃるのですか？」

「違《ち げ》ぇーよ」

「……」

……ご立腹じゃなくて、拗ねていたらしい？

「隠すんじゃなくて、直接渡せば良かったんですかね？」

「……」

無言ってことは肯定《こうてい》っぽい。なるほど、直接渡してほしかったのか。

ここは素直に謝っておこう。

「すみません。今度からは絶対に直接渡します！」

「……」

しかし、ヴァルトさんはへそを曲げたままだ。

「「ヴァルトにぃ」」

「こんど、じょうきゅうのめいきゅういくの～」

「そしたら、もっとすごいおみやげみつけてくる～」

「「たのしみにしててね♪」」

子供達は満面の笑みだ。

「いや、ちょっと待て！　あの剣でもお土産の範疇《はんちゅう》を超えているからな？　それ以上のものはヤバイから、絶対にお土産にするなよ？」

「「いや～」」

「嫌じゃない、嫌じゃ！　絶対に止めろよ！」

むすっとした態度を崩さなかったヴァルトさんだったが、子供達の発言を聞いて大いに慌てだした。

「「だめ～」」

「駄目じゃない！」

「「むり～」」

「無理でもない！」

「「……むぅ」」

ヴァルトさんに全否定されて、子供達が頬を膨らませる。

「「こっそりおく？」」

「だから、それは止めるって話をしていただろう？」

「「じゃあ、うけとる？」」

「いや、だからそれは……」

「あれもだめ？」

「これもだめ？」

「うっ……」

子供達はむくれながらも主張を続け、とうとうヴァルトさんの言葉を詰まらせた。

「アレンとエレナの勝ちかな？」

「アレンのかち～」

「エレナのかち～」

「いや、違う！　まだだ！」

ここぞとばかりに、僕もヴァルトさんを丸め込もうと参加するが、ヴァルトさんは折れなかった。

「とりあえず、高価すぎるっていう理由は、横に置いておいてください。だって、僕達が渡す品は身を削って取ってきた……とか、借金して買ってきた……とかじゃないんですから。それこそ偶然手に入れた……とか、知り合いから貰った……とかですもん。いいじゃないですか」

「冒険者なんて職業は、常に危険を冒しているだろう！」

「……危険？　危険なこと……あったかな～？」

森や迷宮では、僕達は完全に楽しんでいるので、危機一髪《ききいっぱつ》！　などということは、今までなかったと思うけどな～。……なかったよね？　命の危機とかの経験があったら、そう簡単に忘れていないはずだから、なかったと思う！

「驚くことなら多々ありましたけどね。危険はさほど感じてないですね。それより、ヴァルトさん、ジュール達のこと忘れていませんか？　邸《やしき》では小さくなっていますけど、森や迷宮では大きくなっていたりしますからね？」

「ああ～、そういえばいたな。うちでは害のなさそうな犬猫にしか見えないが……」

「本性《ほんしょう》っていうか、実力は凄いですからね」

うちのパーティはどちらかといえば、常に過剰戦力なのだ。

「ちなみに、渡した剣は中級迷宮で手に入れたので、そこまで苦労していません。そして、僕は火属性をあまり上手く操れません。剣自体も少し大きいので扱い慣れていません。なので、安心して受け取ってください」

「わかった！　ありがたく受け取らせてもらうよ」

「「やった～」」

ここでやっとヴァルトさんが折れて、剣を受け取ってくれることになった。

「これで、上級迷宮で手に入れたものをお土産にしても大丈夫だな」

「「だね～」」

「いや、待て！　そこまでは了承していない！」

「ふふふ～」

「ロザリー、微笑んでないで援護してくれ！」

「そうですね～。ヴァルト様の味方をしたいところなんですが……」

「え!?」

ヴァルトさんはたまらずロザリーさんに助けを求めていたが、ロザリーさんは断る様子を見せた。

その行動にはヴァルトさんもかなり驚いている。

「タクミさん達からは、私を喜ばせようという気持ちがとても伝わってくるんですよね。実際に贈ってくださるものは、いつも嬉しいものや素晴らしいものです。不要だと思うものを渡されたことはありませんの」

「それは……確かにそうなんだが……」

「しっかりと私達のことを考えてくれていますのに、受け取りを拒否したりするのは……私にはできませんわ」

おぉ～、良かった～。贈りものやお土産ものはちゃんと喜ばれているようだ。

「「ロザリーねぇさま、だいすき～」」

「ふふっ、私もですよ」

アレンとエレナはロザリーさんに駆け寄ると、抱き着いていた。

二人は贈りものをする相手に喜んでもらおうと、本当に真剣に考えている。なので、それをわかってくれて嬉しいのだろう。

「それにお義母様《かあ》も同じだと思いますわよ？　気持ちが嬉しいので受け取って、その代わり……というわけではないでしょうが、あれこれ世話を焼くようにしているんでしょうね」

ロザリーさんの言う通りなのかもしれない。

子供達のことならまだしも、成人している僕のことにもあれこれと世話を焼いてくれるもんな～。まあ、ありがたいし、助かっているけどな。

「はぁ～～～～……」

ヴァルトさんが長ーいため息をつく。

「くれぐれも言っておくが、無理な行動は慎《つつし》めよ」

「了解です」

「「りょうかい！」」

どうやら無事にヴァルトさんへ剣の押しつけが成功したようだ。

しかも、今後もこの手の贈りものを受け取ってもらえそうで、大変嬉しい成果である。ロザリーさんの援護に感謝だな！

閑話　一番強い人？

（シル、いるかー？）

「は、はい！　いますいます！」

巧さんが神殿に来てくれたようだ。

（僕達、数日中に王都を出て迷宮に行く予定なんだ。だから、その前に会いに来たよ〜）

「ありがとうございます！　会いに来てくれて嬉しいです！」

巧さんは本当に律儀《りちぎ》で優しい人です！

「迷宮に行くんでしたよね？　えっと、上級のでした？」

（そうそう。『灼熱《しゃくねつ》の迷宮』にね）

「灼熱……ああ、あそこですか。ちょっと環境が人には厳しそうですけど、タクミさん達なら大丈夫ですね！」

（ああ、僕達の身体能力は普通の人よりは高いからな〜）

そうですね。タクミさんの身体は、通常の人の身よりは丈夫に創ってありますし、子供達も神の子。こちらもやはり丈夫です。

契約獣達も僕達が選んだだけあって、やはり少しばかりは普通より丈夫ですから。

「最近はどうですか？　困ったことはありませんか？」

（特に困ったことはなく楽しく過ごしているよ）

「それなら良かったです」

問題がないようなので本当に良かったです。

（あとな、王都を出る前に次の料理や甘味のリクエストを聞いて作ろうと思っているんだ。というわけで、何が良い？）

「え、いいんですか！」

旅先では料理をするにも場所を選ぶためか、環境の整っているうちに僕達の我儘《わがまま》を聞いてくれるつもりみたいですね。

つい最近ですが、巧さんは子供達の誕生祝いの料理を試しに作っている時、いろいろと料理や甘味を僕達に届けてくれました。まあ、僕だけじゃなく他の神のところにも届けられたのは、ちょっと残念だけどね。

あれらは結局、みんなで分け合って美味しくいただいた。

僕としては、あのタイミングでいっぱいくれたので、いつもの四回分くらいの期間はリクエストを我慢しなくちゃいけないかな～？　なんて思っていたけど……巧さんは優しいから、もういいようです！

（もちろん、いいよ。どう？　すぐ思いつきそう？）

「えっと、えっと……」

僕が食べたいものならたくさんあるんですけど、僕だけで決めてしまうと……後が怖いかな～。

（他の神様達の意見もあるから、すぐには決められないか？）

「は、はい……すみません」

創造神マリアノーラ様は、甘味にかなりの情熱を注いでいます。なので、僕が勝手に決めては後々面倒なことになりかねません。

（できれば、今日明日中にいつものように連絡してくれると助かる）

「はい！　必ず連絡しますので、お願いします！」

（わかった。じゃあ、またな）

「巧さん、困ったことがあったらすぐに連絡してくださいね」

（うん、その時は頼むよ）

大変だ！　至急、みんなと相談して巧さんに連絡しないと！


その後、マリアノーラ様達との協議の結果、巧さんにパフェというものをお願いすることにした。

マリアノーラ様曰《いわ》く、ケーキやアイスクリームなどが贅沢《ぜいたく》に盛り合わせになっているらしい。

しかも、たっぷりの容量でお願いするためにガラスの器を自ら用意していました。

◇　◇　◇

「うわ～」

数日後、巧さんからお願いしていたパフェが届きました。

「早くみんなを呼ばないと！」

「シルフィリール、呼んだかしら？」

「シルフィリール、来たぞ！」

「シルフィリール、お待たせしました」

……僕が呼ぶまでもなく、普通にみんなが集合した。

「どうして呼ぶよりも早いんですか～」

「そりゃあ、タクミに頼んでから届けてくれるだろう時間を計算すれば、このくらいだろうって予想がつくだろう。だから、待ち構えていたんだよ」

火神サラマンティールの返答にマリアノーラ様と土神ノームードルも同意するように頷いていた。

みんな〝まだか、まだか〟と待ち構えていたようですね。

「それで、シルフィリール、パフェが届いたのよね？」

「はい、そうです。そうなんですけど……パフェって種類がいろいろあるんですね～」

巧さんが届けてくれたパフェは、全部で五個……なんですけど、なんと、全部の種類が違ったんです！

「まあ、まあ、まあ！　何ということでしょう！」

マリアノーラ様がパフェを見て、感嘆の声を上げた。

「これがイーチパフェ。レアチーズにミルクアイス、イーチの実とイーチソースね。こっちはチョコレートパフェ。ガトーショコラにチョコレートアイス、ナナの実にチョコレートソースね。で、こっちが、キャラメルパフェかしら？　パウンドケーキにキャラメルアイス、リーゴの実を煮たものにキャラメルソースね。こっちはランカパフェ。紅茶のパウンドケーキかしら？　それにヨーグルのアイスとランカの実が載っているわ。最後のは黒ゴマのパフェね。黒ゴマのパウンドケーキに黒ゴマと白ゴマのアイスと白玉。どれも美味しそうだわ～」

マリアノーラ様が順番にパフェの解説をしてくれたが、本当にどれも美味しそうです。

「でも、これって一人一つよね？　タクミさんったら酷いわ！　これは迷うに決まっているじゃない！　わたくしが全部食べたいわ！」

「マリアノーラ様、それは駄目ですよ！　オレだって食べたいです！」

「そうですよ。独り占めは止めてください」

「僕も食べたいです！」

マリアノーラ様だからと言って、さすがに独り占めは看過《かんか》できないですよ！

「そうね。さすがに独り占めは駄目よね。では、一個余るものは、わたくしが食べてもいいかしら？」

「「「駄目ですよ！」」」

巧さんは甘味などをくれる時は、いつも五個ずつくれる。たぶん、僕達神が五人だからだと思う。でも、巧さんは水神ウィンデルが不在なことは知っているはずなんですけど……一応ってことですかね？　まあ、ウィンデルの分だとしても、取っておくことなどはせずに僕達が美味しくいただきますけどね！

「あ、そういえば、巧さんからカードも一緒に来ていました」

「カード？　何て書いてあったの？」

「僕もまだ読んでいないんです。えっとですね……」

――『好みがわからなかったから、いろんな種類にしてみた。くれぐれも喧嘩《けんか》しないでよ』

「「「……」」」

僕達の行動を予想していたかのような内容でした。

これで喧嘩したなんて巧さんにバレたら……もう差し入れが貰えなくなるかも!?

「さぁ、みんな、仲良く食べるわよ～」

「「「はい！」」」

マリアノーラ様達も同じことを思ったのか、取り合いになりそうだった雰囲気が一瞬にして消えました。

そして、僕達は結局、全種類を全員で分け合うように食べました。

「美味しかったわぁ～」

マリアノーラ様の言葉に同意です。

どのパフェもそれぞれの良さがあって……とにかく美味しかったです。

今度、もしパフェをお願いする時は、自分達が好きだと思ったパフェをお願いすることにしましたけど……僕達の胃袋を掴んでいる巧さんは、実はエーテルディアで最強なのかもしれないですね。

第四章　迷宮へ行こう。灼熱編

王都でやらなくてはならない用件を片づけると、僕達はいよいよ『灼熱の迷宮』に向かうことにした。

「おじいさま、いってきます！」

「おばあさま、いってきます！」

「気をつけるんだよ」

「無理しないで、怪我をしないようにね」

「「は～い」」

僕達がこれから上級の迷宮に行くと知っているからか、マティアスさんもレベッカさんも心配そうな表情をしている。

「タクミくん、何かあったらすぐに連絡するんだよ」

「タクミさんも気をつけてね」

「はい。じゃあ、行ってきます」

転移の魔道具のことはルーウェン家、リスナー家の人達にも伝えてあり、何かある毎にすぐに連絡を寄こすようにと言われるようになった。

しかも、僕から二家に手紙を出したい時、あるいは二家から僕に向かって手紙を出したい場合、王家から転送してくれる手配まで整っていた。

整うのが迅速《じんそく》すぎて、それを聞いた僕は絶句したな～。

「「いってきま～す」」

そうして出発し、数時間。あっという間に『灼熱の迷宮』のある場所に辿《たど》り着いた。


「「ついたー！」」

《楽しみだね～》

《兄ちゃん、早く行こうよ！》

『クルル～』

子供達は入り口に着いた途端、そのまま迷宮内に入って行こうとする。

「こらこら、少し休憩してからだよ！」

体力気力共にほとんど消耗《しょうもう》していないかもしれないが、さすがにそのまま突撃はさせられない。

「水分補給しよう。おやつはどうする？」

「「たべる～～～」」

というわけで、休憩を取ってから再出発。

「「しゅっぱつしていい？」」

「はいはい。この迷宮は暑いはずだから、中に入ってからも水分補給はこまめにね」

「「《《《《はーい》》》》」」

『クルッ！』

そして、〝さあ、入ろう〟とした瞬間、問題が発生した。

「「あっ！」」

「どうし……────っ⁉」

「「「「うわっ！」」」」

入り口の境目で迷宮から出てきた人達とかち合ってしまい、相手の人達が非常に驚いた声を上げたのだ。

相手の人達は、驚きながらも武器を構えようとする。

「僕の契約獣です！」

僕は咄嗟に、それを止めようと叫んだ。

「……契約獣？」

「そうです。驚かせてすみません。無闇に襲ったりしませんから！」

まだ半信半疑といった風の冒険者達に安全性を訴《うった》える。

「うわ～、焦った～。オレ、死ぬかと思った～～～」

「迷宮から出るところだったから、気を抜いていたしな～」

僕達も完全に油断していたが、向こうの人達も迷宮を出るところだったので油断していたらしい。

「……凄いな～」

「AランクとSランクの魔物をこんな間近で見るなんて初めてだよ！」

「いやいや、間近で見たら、オレらなんて簡単に死ぬって！」

男性五人組の冒険者達は、落ち着くとジュール達を観察し始める。

しかし、すぐに気まずそうにこちらを向いた。

「あ、悪ぃ。じろじろ見られたら嫌だよな」

「えっと……初見は仕方ないと思いますし……」

初めてジュール達を紹介した人達が、物珍しさで見てくるのは仕方がないと思う。フェンリルや飛天虎なんて滅多に見ることのない魔物だしな。

悪意のある視線とか、いやらしさのある視線でない限り、僕はもちろん、ジュール達もさすがに腹は立てないと思う。

すると不意に、男性冒険者の一人が声を上げた。

「君、もしかして『刹那』？」

「はぁ!?　えぇ!?　何で!?」

「あ、当たっていたか？　噂通りすぎて、絶対にそうだと思ったんだよ」

「……噂」

また噂か。

「まあ……『黒髪の男、青髪の子供連れ、複数の従魔持ち』って知っていれば、僕ってことになるんだろうな～」

「そうだな。そうそうに同じ条件に当てはまる人物はいないだろう。あ、俺は『氷刃《ひょうじん》』というパーティのリーダー、ジークフリードだ。ジークって呼んでくれ」

リーダーのジークさんに続き、他のメンバーも次々と挨拶してくれた。

『灼熱の迷宮』の近くにはギスタという街があり、彼らはそこを拠点にして、この迷宮を少しずつ攻略する冒険者らしい。ジークさんを含めてAランクが二名、Bランクが三名の、Bランクのパーティのようだ。とても気安い感じの人達ばかりで、会話が進む。

「ジークさんの二つ名、『氷刃』なんですか⁉」

「そうそう。パーティ名そのままなんだよ！」

「オスカー、うるさい！　ウォーレンだってそのままだろう！」

「ウォーレンさんは誰に対しても塩対応することから『絶対零度《ぜったいれいど》』って名づけられましたもんね～」

もう一人のA級であるウォーレンさんにも二つ名がついているらしい。しかも、塩対応から『絶対零度』か……二つ名の由来にはいろいろあるんだな～。

「その点、タクミくんの『刹那』は格好良いよね」

「……そうですかね？」

ただ気恥ずかしいと思っていたので、格好良い、格好悪いで考えたことがなかったな〜。

まあ、僕も格好悪いとは思わないけどな。

「二つ名っていつの間にか決まって、いつの間にか広まっていますからね。自分ではどうしようもないですよね〜」

「……本当にな」

ジークさんがしみじみと呟く。自分の二つ名に納得していないようだ。

「そういえば、タクミ達がここにいるってことは、もちろん迷宮に入るためだよな？　子供達を連れてこの迷宮に入るのか？」

「はい、そのつもりですけど……やっぱり暑い迷宮なんですか？」

「ああ、最初のほうはそうでもないけど、下に行くにつれてかなり暑くなってくるな。俺達は氷属性や風属性の魔法が使えるっていうのもあって、この迷宮を何とか進んでいるけどな」

「なるほど」

やはり名前の通りの迷宮のようだ。

「一応、考えつく対策は用意してきましたし、氷魔法が使える子もいるので、大丈夫そうなところまで行ってみようと思います」

「無理だけはするなよ」

「もちろんです。疲れているところを長々引き留めてしまってすみません。もうそろそろ行きますね」
「こっちこそ引き留めて悪かったな。もし、ギスタの街で会うことがあったら一緒に食事でもしようぜ」
「その時は是非」
子供達がまだかまだかと待っているので、『氷刃』のパーティとの会話を打ち切る。
「ごめん。待たせたね」
ジークさん達と別れた後、一箇所に固まっていた子供達のところに行くと、少しばかりおかしな雰囲気が漂っていた。
「え、どうした？」
《お兄ちゃん、さっきはごめんなさい。警戒を忘れていた》
《……迷宮内に人の気配があるのはわかっていたんだけど、どこにいるかまではわからないのよね》
《こんなに近くにいるとは思いませんでした》
《タクミ兄、ごめんなさいなの！》
ばったりかち合うまで他人の気配がわからなかったことに対して、ジュール、フィート、ボルト、マイルはへこんでいるようだ。

ラジアンは子供なので、何でみんながへこんでいるのかわかっていない。それはいい。だが、ベクトルもあっけらかんとしているのは、いいんだろうか？　これはまあ、ベクトルだしな〜……で終わらせていいのかな？

「そんなに気にしないで、僕も気がつかなかったし……」

「アレンもわからなかった〜」

「エレナも〜」

改めて迷宮の外から内側を探ってみると、人の気配は微妙にあるものの、その人達がどこにいる……などはさっぱりわからなかった。

「ジュール、ちょっと迷宮に入ってみてくれない？　奥まで行かなくていいから」

《わかったー》

ふと思い立って、ジュールだけに迷宮に入ってみてもらう。

すると、ジュールが迷宮内に入った途端、気配が読みづらくなった。

「あ〜、やっぱりそういうことか」

「「わからなくなった！」」

ジュールが確実にすぐそこにいるのが、目に見えているのにな。

「ジュール、もういいよ。ありがとう」

《このくらい全然。でも、不思議だね。ボクのほうからも兄ちゃん達のことがよくわからなかっ

た～。気配もだけど、匂いも！》

どうやら、迷宮の外から内、内から外に対しての気配は読みづらくなっているようだ。

つくづく、迷宮という場所は不思議な空間である。

「ほら、これは油断とか関係ないから、誰のせいもないな。これから迷宮の出入りをする時は、こういうことがあるって覚えておこう」

「《《《《はーい》》》》」

『クルッ！』

次から気をつけければいいとみんなに言い聞かせ、この件については終わらせることにした。


いよいよ第七十一の迷宮〝灼熱〟へと入った僕達は、最初の間を通り過ぎ、一階層へと進む。

「「あったかい？」」

「そうだな」

境目を通った瞬間、明らかに気温が変化した。

二十五度くらいかな？　最初からなかなかの暖かさである。どんどん暑くなると仮定して、最終階層の五十階層まで行ったら、いったい何度になるんだろうか？　さっぱり予想できないな～。

「「いわ～ゴロゴロ～」」

「こういうところは、岩石地帯っていうのかな？」

見える限り草一つ生えていないような場所だった。

そして、いつも思うが迷宮内だとは思えないほど広く、やはり太陽まである。不思議だ。

「この迷宮では薬草が手に入らなそうだな」

「「えぇー!?」」

「そんなに驚かなくても、見てごらん。全然、草とかがないだろう？」

「「うぅ～、ざんねん」」

本当に残念と思っているらしく、アレンとエレナは少ししょんぼりとしている。

「でも、上級の冒険者達が来るくらいだから、何かうま味はあるんだと思うんだけど……やっぱり鉱物関係かな？」

「「こうぶつ？」」

「そう。石とか鉄とか……宝石とかかな」

「「おぉ～」」

採取するものは少なくても、採掘《さいくつ》はできそうな迷宮である。

「とりあえず、どうする？　すぐに下の階層を目指す？　それともこの階層をゆっくり見て回る？」

「「みる～」」

《まずはどんな感じの迷宮なのか見て回りたい！》

《そうね。私も見たいわ》

《ぼくも見て回るのに賛成です！》
《えぇ～、早く下に行って、強いのと戦おうよ～》
《情報は大事なの！　見て回るの！》
『クル～？』
見て回る六票、先に行きたい一票、どっちでもいい一票かな？
「多数決。ゆっくり見て回ろう。多少、離れるのはいいけど、他にも冒険者がいるかもしれないから気をつけること！　あと、すぐに戻ってこられる位置にいること！　それとラジアンは絶対に誰かの傍にいるように！　いいかい？」
「《《《《はーい》》》》」
『クルッ！』
注意事項を述べると、子供達は一斉に走り出す。
方向的にはみんな真っ直ぐ同じ方に向かったので、僕もそちらに歩き出す。アレンとエレナにジュール、ベクトルにマイル、ラジアンにフィート、僕にボルトと分かれた感じだ。
《兄上、石にも薬に使えるやつがいろいろあるんですよね？》
「もちろん、あるよ」
僕とボルトは辺りに転がっている石を見ながら歩いている。
ただ一階層だからか、目ぼしいものは見つかっていない。

「「おにぃちゃん、きてきて～」」

「はいはい、どうしたー？」

「「これこれ、キノコあった～」」

子供達はキノコを見つけたようだ。

「どれだー？」

「「ここだよ～」」

「あ、これか！」

ゴロゴロと転がっている岩の隙間に、ぱっと見は石ころに見えるがよくよく見ればキノコの形をしているものがあった。それを【鑑定】で確認してみると、『イワダケ』というキノコだということがわかった。

《お兄ちゃん、これって食べられるー？》

「えっとな……残念。毒があるから食べられないな」

「「えぇ～」」

「でも、薬にはなるみたいだ」

毒こそあるが、それをちゃんと処理すると薬になるようだ。

《食べられないのは残念だけど、薬になるなら良しとするか～》

「「そうだね～」」

《よし！　じゃあ、イワダケを探しつつ、他のも探そう！》

「「おー！」」

子供達の探索は、一に食べもの、二に薬探しって感じだもんな～。

アレンとエレナ達が採取に戻っていくと、ラジアンとフィートがこちらに向かって駆け寄ってくる。

『クルルッ』

「ラジアン、お帰り。どうした？」

《兄様、ラジアンが綺麗な石を見つけて、それを兄様に見せたいんですって》

「そうなのか？」

『クルッ！』

「そうか。見せてくれる？」

ラジアンに手渡されたのは、僕の手のひらより少し小さめの、ツルツルの白い石だった。

「へぇ～、これは確かに綺麗だな」

『クル～』

「良く見つけたね。ああ、そういえば、ラジアン用の宝箱はまだ作ってなかったな。今度作って、宝物としてそこに入れようか」

『クルッ！』

「宝箱ができるまでは僕が預かるのでいいかな？」
『クルルッ！』
ラジアンはぴょこぴょこと飛び跳ねるように喜んでいる。これは早めに宝箱を作ってあげないといけないな。
『クルル～』
《ラジアン、一人で行っては駄目よ》
再びお宝を探すためか、ラジアンは楽しそうに駆けて行き、フィートが慌てて追いかけて行った。
《楽しそうですね》
「そうだな～」
ラジアンは初迷宮になるが、結構無邪気《むじゃき》に楽しんでいるようだ。
《やっぱり入ったばかりのところだと、そんなに強くないね～》
《当たり前なの！　一階層から強敵が出てきたらびっくりなの！》
次はベクトルとマイルがドロップアイテムらしきものを咥《くわ》えて戻ってきた。火の魔石と真っ赤な毛皮だ。
「何を倒したんだ？」
《フレイムラビットだよ！》
《ドロップアイテムは、魔石と毛皮の一部なの！》

フレイムラビットはDランク、火属性の魔物だな。
「出てくる魔物も火属性か。ベクトルとは同じ属性だから、相性的には良いとは言えないな。無理するなよ」
《大丈夫だよ。問題ないって》
《ベクトル！　油断は禁物なの！》
《痛っ！　ねぇ、痛いよ、マイル〜。相性が悪いのはオレじゃなくてマイルだろう？》
《煩《うるさ》いの！》
《痛っ！》
僕の注意にあっけらかんとした態度をするベクトルに、マイルが頭の上から額をぺしぺし叩いて教育的指導をする。
「まあ、確かに木魔法は相性が悪いけど、獣系の魔物なら土魔法は大丈夫じゃないか？」
《そうなの！　石の礫とか有効なの！》
《それならオレだって！　魔法じゃなくて体当たりで仕留めるもん！》
「こらこら、言い合いはしない！　仲良くしないと明日のおやつを抜きにするよ」
《それは嫌！　仲良くする！》
《ごめんなさいなの！》
喧嘩とまではいかないが、このままヒートアップしては困るので止めておく。

すると、ベクトルもマイルもおやつ抜きは嫌なようで、ぴたりと言い合いは止まる。
「よし、良い子達には好きなおやつを用意しよう！　明日までに決めておくんだよ」
《わ～い》
《やったなの！》
ベクトルとマイルはうきうきした様子で、再び探索に戻っていった。
《あれで結構仲が良いですよね～》
「そうだね。マイルも何だかんだ言いつつ、いつも自主的にベクトルについて行ってくれるもんな～」
《まあ、マイルはもともと面倒見が良いですからね。ベクトルのことは放って置けないんですよ》
「僕はそれで助かっているな～」
本当は僕がベクトルの面倒を見るべきなんだろうけど、頼りになる子がいるとどうしても頼ってしまう。いつもフィート、ボルト、マイルに頼んでいるけど、偶《たま》には僕もベクトルと行動するようにしないとな～。
それからしばらく進んで、そろそろ暗くなってきたから休もうかなというところで、アレンとエレナが駆け寄ってきた。
「「おにぃちゃ～ん、かいだんあったよ～」」
「え、もう見つけた？」

二階層へ行く道を探していたわけじゃないが、アレンとエレナがもう見つけたようだ。

せっかく見つけたし、一階層の探索は終わりにして下に行くことにするか～。

「みんな、今日はここまでにして、明日になったら下に行くよ～」

一階層とはいえ上級迷宮にいるはずなのだが、ほとんどピクニックみたいな感じで終わった。


翌日、僕達は張り切って二階層に足を踏み入れた。

「ここは少しひんやりするな～」

二階層は一階層とはまったく異なり、坑道のような場所だった。

しかも、気温がかなり下がっている感じだ。

「アレン、エレナ、寒くないかい？」

「「だいじょうぶ？」」

アレンとエレナは大丈夫と言いつつ首を傾げる。これは大丈夫じゃないね。

何せ、灼熱の迷宮は暑い場所だということで、夏用の服で来ていたのだしな。

「ほら、これを羽織《はお》って」

「「はーい」」

さすがに半袖のままにしておくわけにはいかず、《無限収納《インベントリ》》からケープを取り出して二人に着せる。ついでに僕も上着を着る。

《ボク、二階層も一階層と同じようなところだと思っていたけど、全然違ったね～》

「そうだな。僕もそう思ったよ。本当に迷宮って不思議なところだよな～」

《だね～》

『色彩《しきさい》の迷宮』では、階層が変わるごとにがらりと色が変わったが、基本は森なのは変わらなかった。『連理《れんり》の迷宮』では大雨だったり濃霧だったりと、天気が変わっていた。そしてこの迷宮では、場所自体ががらりと変わっている。本当にバリエーションがたっぷりである。

「坑道ってことは、採掘で何か出るかな？」

「「おぉ！」」

「さいくつする？」

「なにかでてくる？」

「どこを掘っても何か出るってわけじゃないからな～。採掘してみるなら場所は選ばないとな。まあ、アレンとエレナなら「「ここだ！」」と思った場所を掘ればいいんじゃないかな？」

アレンとエレナの勘《かん》の良さなら、何かありそうだと思った場所を掘れば、絶対に何かが採《と》れる気がするんだよね。

「「ほるばしょ、さがすー！」」

「そうだね。進みながら探そうか」

というわけで、僕達は坑道を進みながら、採掘場所を吟味《ぎんみ》することにした。

「「あっ！　ここ！」」

と思った矢先、早速アレンとエレナが気になった場所を発見したようだ。

「「ここ、ほる～」」

二人は自分達のマジックバッグから素早くツルハシを取り出すと、壁を掘り出す。

《ここ？　何かありそうなの？》

《オレも掘る～》

『クルル～』

ジュールとベクトルも〝ここ掘れわんわん〟とばかりに、前足を使って壁を掘り出し、ラジアンも真似して嘴《くちばし》で壁を突く。

「「あっ！」」

「お、もう何か出たか？」

《あ、こっちも！》

《オレのとこも何かある～》

『クルル～』

全員、何かを掘り当てたようだ。

「「ピンクのいしー？」」

《ボクのもピンクの石だ！》

《オレのも～》

『クルル～』

「みんな同じものっぽいな～」

僕がすぐに【鑑定】で調べてみると、岩塩だということがわかった。

「岩塩。塩みたいだな」

「「しおー？　しろくないよー？」」

「ああ、うん、岩塩は白以外にもこういう色もあるんだよ」

「「へぇ～、そうなんだ～」」

子供達は完全に岩塩を掘り出すと、僕に渡してくる。そして、期待するような目で見つめてくる。すぐにでも味を確かめてみたいのだろう。

「はいはい、お昼の料理で使ってみようか」

「「えへへ～。たのしみ～」」

僕がすぐに料理に使ってみると言うと、子供達は嬉しそうにへにゃりと笑う。手に入れた食べものの味をすぐに試してみたいとか……本当に僕に似てきたよな～。

《わ～い。お昼ご飯が楽しみだ～》

《うん、楽しみ、楽しみ～》

『クルル～』

《あ、ここら辺をもっと掘れば、岩塩いっぱい出てくるかな？》
《おぉ～、掘ろう掘ろう！　ラジアンはちょっと離れていて～》
『クルッ！』
もっと岩塩を見つけるべく、ジュールとベクトルが岩塩を見つけた辺りをゴリゴリと大胆《だいたん》に掘り出し始めた。
そうしてジュールとベクトルは、少しの時間でかなりの量の塩を掘り出した。
《このくらいあればいいかな？》
《兄ちゃん、どう？　このくらいあれば、しばらくは大丈夫だよね？》
「うん、ありがとう。十分。これだけあるなら、ルーウェン家のお土産にもできるよ」
まあ、お土産にするかどうかは、味を確認してからだけどな。というか、これだけいっぱい集めてくれたんだから……微妙な味ってことはないといいな～。
「あっ！　こっちもなにかありそう！」
「こっちも！　こっちもありそう！」
アレンとエレナは少し場所を移動すると、何かを感じたらしくツルハシを抱えて走っていく。
《ふふふ～、二階層の探索を始めたばかりなのに、なかなかの足止めになりそうね》
「急いでいる攻略じゃないし、いいんじゃないか？」
《これまではわりとどのくらい早く次の階層に行けるか～って感じでしたが……そうですよね。急

いで進む必要はないですよね》

「あ～、確かに今まではそのくらいの早さだったよな～。でも、普通の冒険者は一階層を攻略するのに数日はかかるっていう話だし、のんびり行こうか～」

《そうなの、ゆっくり楽しむの！》

僕とフィート、ボルト、マイルは遠巻きに見学しながら、のんびりとしていた。

「「ていやー！」」

『クルル～』

「「うん？」」

「ラジアンもほりたいの？」

「じゃあね、ここをほってみて～」

『クルッ！』

アレンとエレナ、そしてラジアンも採掘に勤《いそ》しむ。

「「あったあった～」」

「何か良いのが出たかい？　それともまた塩かい？」

「「えっとね……」」

「ん？」

「「……なんだろう？」」

「ははは～」

何かを掘り出したようだが、何かはわからないようだ。

「どれ、見せてみて」

「「はーい」」

「ん～……これは、鉄かな？」

「「てつか～」」

鉄だとわかった子供達は、わかりやすくがっかりしていた。

「鉄だって使い道はあるんだぞ～」

「「だって、たべられな～い」」

「いやいや、採掘で食べものを見つけるほうが難しいと思うぞ……」

「「あと、きれいないしじゃな～い」」

「……」

一に食べもの、二に綺麗な石。採取の時と変わらない。本当にブレないよな～。

「それは残念だったとしか言えないけど、ここは二階層だしな。もっと下にいけば良いのが見つかるんじゃないか？」

「「あ、そうだった！」」

ここがまだ二階層だと忘れていたようで、落ちていた子供達の気分は上昇した。

「「おにぃちゃん！　はやくいこう！」」

「いや、急いで行く必要はないだろう!?　とりあえず、そろそろお昼ご飯作りをしたいから、休憩できそうな場所を探すよ」

「「はっ！　しお！」」

「そうそう。塩の味見ね」

アレンとエレナはすぐさま休憩できそうな場所を探し出したので、僕は昼ご飯の準備を始める。

「さて、何を作るかな～？」

メニューを考えながら、とりあえずは塩をすぐに使えるように砕いて、さらにすり潰しておく。

ちなみに、ひと舐《な》めした感じでは普通に美味しい塩って感じかな？

「……やっぱり塩おにぎりか？　あとは……塩から揚げと塩揉《しおも》みの野菜ってとこかな？」

このくらいあれば十分だろう。というわけで、さくさく作り上げて食べ始める。

「「おにぃちゃん、おいしいよ～」」

《うん、美味しいね～》

《でも、美味しいのは兄様の腕が良いんであって、塩のうま味は普通……なのかしら？》

《ん～、雑味とかはない気がしますので、そこそこ良い塩じゃないですか？》

《美味しいから何でもいい！》

《何でも良いのは駄目なの！　だけど、美味しいの！》

『クルル～』

結論は……まあ、お土産にしても大丈夫じゃないかな？　ってところかな。

「さて、お昼からものんびり行こうか～」

「「おー！」」

二階層は引き続き採掘をしつつ、ゆっくりと先に進んだ。だがまあ、一日で攻略は終えたのだけどね。


休憩して翌日、僕達は三階層にやって来た。

「ここは暖かいな～」

「「あったかいね～」」

三階層はまた一階層のような岩石地帯だった。そして、気温も一階層くらいの暖かさだ。

この迷宮は、暖かい、涼しい、暖かいと気温差が激しいな～。

「これ……体調に良くなさそうだ……──ん？」

いや、待てよ。

普通の冒険者なら一階層を数日かけて攻略し、一旦《いったん》離脱して街に戻る。そして、日を改めて次の階層に挑むよな？　上級の迷宮なら階層ごとに転移装置があるんだし。僕達のように続けて複数の階層を攻略する者は少ないはずだ。

……そうなると、気温差とかはあまり関係ないのか？

「……僕達の攻略ペースだから、体調に良くなさそうなのか～」

《お兄ちゃん、どうしたの？》

僕の呟きに、ジュールが心配したように尋ねてくる。

「ん？　ああ、うん、気温差で体調を崩す心配をしていたんだ」

《確かにおかしな迷宮だものね。――あら、大変。アレンちゃん、エレナちゃん、暖かったり寒かったりするけど、身体は大丈夫かしら？》

「「だいじょうぶだよ～」」

僕は正直に思っていたことを告げると、フィートが慌てて子供達の様子を確認する。まあ、問題なかったようだけどな。

「二人とも、少しでもおかしいな～って思ったら、すぐに言うんだぞ」

「「は～い」」

子供達は、元気いっぱいのようだ。

二人は風邪などとは無縁っぽいが、絶対に大丈夫とは言い切れないので注意は必要だ。

「じゃあ、ここものんびり行くとして……どっちに行く？」

「「あっちー！」」

アレンとエレナは揃って右方向を指差した。相変わらず、息ぴったりだ。

しかも、方向を示すと同時に二人で駆け出して行った。そして、その後を慌ててジュールが追いかける。

「ラジアンとベクトルは待て！」

『クルルー？』

《えぇ!?》

僕は今にも走って行きそうなラジアンとベクトルを引き留める。

すると、二匹は〃どうして？〃と言わんばかりに首を傾げる。

「ラジアンは僕と一緒に行動。ここら辺でそろそろ魔物と対峙《たいじ》する訓練をしよう」

『クルッ！』

「やる気があるようでよろしい！　――ベクトル、マイル、悪いけどそんなに強くなさそうな魔物がいたら、こっちに誘導を頼めるかな？」

《おぉ、なるほど！　わかった！　オレに任せて！》

《わかったの！　わたしが判断して、ベクトルに追い込みをやってもらうの！》

「フィートはラジアンの援護を。ボルトはラジアンの戦闘中、邪魔が入らないように上から警戒をお願い」

《訓練を始めるのね。任せてちょうだい》

《絶対に邪魔は入らせません！》

僕の指示にみんながきびきびと行動をし始める。

それからすぐに、ボルトが声を上げた。

《兄上、正面からフレイムラビットが一匹です！》

「おお、いいね。ちゃんと手頃な魔物を追い込んでくれたようだ」

上級の迷宮なので、EやFランクの魔物はそういない。Dランクなら上出来。ベクトルはしっかりと仕事をこなしてくれたようだ。

「ラジアン、最初は倒せなくても魔法を当てられればいいよ。だから、魔法が届く距離になったら仕掛けてごらん」

《近くまで来てしまったら、私がちゃんと仕留めるから安心して魔法に集中するのよ》

『ク、クルッ』

ラジアンは少し緊張しているようだが、怯《おび》えなどはなさそうである。

「そろそろかな？」

『クルルルルー！』

ラジアンが《ウィンドカッター》を放つと、風の刃はフレイムラビットのやや左の地面に着弾した。

「惜しい。もう少しちゃんと狙ってもう一回」

『クルルルー！』

次に放たれた《ウィンドカッター》は、しっかりとフレイムラビットに命中する。しかし、威力が足りなかったのだろう。負傷したフレイムラビットは、激高《げっこう》した様子でこちらに向かって突進してくる。
「少し速くなったな。勢い的にもう一発は無理かな」
《じゃあ、私に任せて。――〈ウィンドカッター〉》
フィートが見本を見せるように、ラジアンと同じ魔法を使ってフレイムラビットを仕留め、ドロップアイテムに変えた。
《ラジアン、この魔法はほぼ真っ直ぐに飛ぶわ。きちんと飛ぶ方向を定めて、狙って撃つのよ》
『クルッ！』
フィートが魔法の使い方を教えると、ラジアンは何度も頷く。
《兄上、次もフレイムラビットです。正面やや左側から来ます》
「ラジアン、次が来るよ。いける？」
『クルッ！』
《あ、後方からファイヤーバードです！　こっちはぼくが対応してきます！》
「ボルト、お願い。――ラジアンはフレイムラビットに集中して」
前方、後方両方から魔物が来たようなので、前方はラジアン、後方はボルトに対応してもらうことにした。

『クルルルルー！』

フレイムラビットが魔法の届く位置に来ると、ラジアンが魔法を放つ。

すると、今度は一発で見事に命中させた。

《良い感じね。もう一発よ。よく狙って》

仕留めるには至らなかったが、もう一度魔法を放つ余裕はあるので、フィートはラジアンに追撃を促す。

『クルルルルー！』

ラジアンが放った二発目の魔法が当たると、フレイムラビットは倒れてドロップアイテムに変わった。

『クルッ、クルル！』

「お見事。良くやったな、ラジアン」

《凄いわ～。さあ、ドロップアイテムを回収しましょう》

『クルッ！』

ラジアンが初ドロップアイテムを回収してくると、ボルトもファイヤーバードを倒して手に入れたドロップアイテムを届けに来た。

《ラジアンが倒したんですか？　頑張ったんですね！》

『クルル～』

ラジアンは褒められて照れたのか、僕に身体をすりつけてくる。
「よく頑張ったな～。どうする。今日はこのくらいにしておくか？　それとも、もう少し頑張る？」
『クルル！』
《頑張るみたいですね。そろそろ次の魔物も来るかもしれませんし、ぼくは上に戻りますね》
ラジアンが気合いたっぷりに鳴くと、ボルトが通訳してくれる。
「ボルト、お願いな～」
《はい、任せてください》
《じゃあ、ラジアン、私達も準備しておきましょう》
『クルッ！』
ラジアンはまだ頑張るということで、次の魔物を迎撃するために態勢を整える。
そうしてもう何体かの魔物を倒した頃――
《おにーちゃん！》
「え？　えっ!?　ラジアン!?」
なんと、ラジアンが【念話】で話し掛けてきたのだ。
「もう【念話】を覚えたのか！　凄いな！」
《おぼえた！　ラジアン、すごい！》
ラジアンの一人称は「ラジアン」らしい。アレンとエレナの影響かな？

《フィートおねーちゃん、ボルトおにーちゃん！》
《ふふふ～、可愛い声だわ～》
《もう【念話】を覚えたんですね！　凄いです！》
ラジアンはみんなのこともしっかり兄姉だと認識しているようだ。それなら――
「ラジアン、僕を呼ぶ時も名前を入れてくれる？」
《タクミおにーちゃん？》
「そうそう。ラジアンはみんなのことも『お兄ちゃん、お姉ちゃん』呼びだから、僕もそう呼んでくれると嬉しいな」
《わかった～》
僕だけただの「お兄ちゃん」だと寂しいので、お揃いにしてもらう。
《アレンおにーちゃん、エレナおねーちゃん！　ジュールおにーちゃん！　ベクトルおにーちゃん、マイルおねーちゃん！》
「「わぁ！」」
《《えぇ～⁉》》
《ラジアン、凄いの！》
しばらくしてから散っていたみんなと次々と合流すると、それぞれが驚いた声を出し、ラジアンを囲んだ。みんなの弟分であるラジアンは、揉みくちゃになる勢いで可愛がられた。

「さて、三階層と四階層の間にある転移装置のところに行ったら、お祝いでもするか～」

「「おぉ～、するする～」」

三階層の攻略が終わり次第ラジアンの成長祝いをしようと言えば、子供達が俄然《がぜん》張り切り出し、あっという間に四階層への階段を見つけた。

「……あっさりすぎない？」

相変わらずアレンとエレナの能力には驚かされる。

「お祝いだし、晩ご飯はラジアンの食べたいものでいいな」

「「うん！」」

《おにく～》

ラジアンの要望は肉ということで、焼肉パーティをしながらお祝いした。

◇　◇　◇

翌日、僕達は四階層へと足を踏み入れた。
《涼しくなったね～》
「「すずしい～」」
四階層は二階層と同じ坑道のような場所だった。そして、気温もぐんと下がった。

《アレン、エレナ、大丈夫？》

「「もんだいない、ない！」」

ジュールが子供達の体調を気遣う。それに対してアレンとエレナは、ツルハシを取り出しながら元気な返事をした。早速、採掘をする気満々のようだ。

「はいはい、掘りたいところがあったら掘っても構わないから、ツルハシより先に上着を着るようにね！」

「「えへへ～」」

二人はツルハシを一旦置くと、鞄からケープを取り出して羽織る。また必要になるかもしれないと思い、僕の《無限収納《インベントリ》》にしまわずに子供達に持たせていたのだが……忘れていたようだ。

「「じゅんびかんりょう！」」

ケープを着終わると、二人は再びツルハシを構えた。

「うん、それじゃあ、行こうか」

「「おー！　――あっ！」」

元気よく返事をした瞬間、アレンとエレナが駆け出すと、すぐ近くの壁を掘り出した。

「何かありそうなのか？」

「なんかある！」

「ぜったいにある！」

《ラジアンもほる～》
「ラジアンもほる？」
「じゃあ、ラジアンはここね」
《ここ？　わかった！　ここ、ほる！》
ラジアンも採掘に交ざり、一生懸命《いっしょうけんめい》に壁を突く。
「あ、しお～」」
この階層でもピンク色の岩塩が見つかったようだ。
《ラジアンもおなじのー》
ラジアンも岩塩を掘り当てたようだ。
《いっぱい見つかるってことは、そんなに稀少な塩じゃないってことかな～？》
「稀少じゃなくても美味しいものだし、その辺りは気にしなくていいんじゃないか？　僕達は高額商品になりそうなものを売って金策しなくちゃいけないってわけじゃないんだし」
《それもそうだね。売れないようなものでも美味しいものは嬉しいもんね～》
何せ僕達は、元々家畜の餌《えさ》としてしか使われていなかった、低価格の白麦を好んで食べていたくらいだ。一般的に価値があるなしはあまり関係がない。
「「ここもしおだ～」」
《おなじ～》

アレンとエレナ、ラジアンが、どんどん岩塩を掘り出している。

「そろそろ移動して、違う場所を掘ってみたらいいんじゃないか？」

「「ん～、そうする～」」

『クル～』

岩塩ばかりで飽きたといえば贅沢な気もするが、掘る場所を変更するために移動することにした。

「「あっ、ここがいい！」」

飽きたと言っても、採掘自体は止めないようだ。

《あ、ロックスネイクだ！　オレ、行ってくる！》

ベクトルが魔物に気がついて、すぐさま駆けていく。

「火属性以外には、土属性というか岩系の魔物がいるみたいだな」

《あいつらは固いから嫌いなの！》

マイルは少しだけ不貞腐れたようにしていた。岩のような頑丈なタイプの魔物だと、ベクトルなら力押しでいけるが、マイルの石礫などでは力負けしそうな感じだからな～。

「マイルにはマイルの活躍《かつやく》の場があるから、ここはベクトルに任せておこう」

《わかったの！　お目付け役を頑張るの！》

「いや、うん、それはとってもありがたい。本当に」

僕はマイルの身体の小ささを活かした狭い場所の偵察とか、蔦《つた》などを使った拘束《こうそく》などの場面を想像して言っていたのが、マイルはちょっと違う方向性の活躍の場を提示した。
まあ、ベクトルの行動を監視してくれるのは、本当に助かるから嬉しいんだけどね～。
《あ、またロックスネイクだ！　行ってくる！》
《ベクトル、待つの！　わたしも行くの！》
早速、魔物に突撃しようとするベクトルにマイルがついて行ってくれた。

《ねぇ、兄様、そろそろ休憩にしたほうがいいんじゃないかしら？》

「そうだな。——おーい。そろそろ採掘は終わりにして休憩にしよう。で、先に進むよ～」

「「《はーい》」」

フィートが時間を見計らって声を掛けてくれたので、僕は子供達に採掘を止めるように言うと、二人と一匹は素直に作業を終了させる。

「おやつは……パウンドケーキでいいか？」

「「いい！」」

おやつは焼き立てで《無限収納《インベントリ》》にしまっておいた、ほかほかのパウンドケーキにした。

パウンドケーキはしっかり熱を取ってしばらく置いたしっとりさせたものも美味しいが、僕は焼き立てのほかほかのうちに食べるのも好きなんだよね～。なので、両方が《無限収納《インベントリ》》にしまってあるのだ。

この迷宮は暑いと思っていたから、アイスクリームなどの冷たいおやつばかりを用意していたが、温かいのもあって本当に良かったよ～。

「「ごちそうさま～」」

《さま～》

パウンドケーキと温かいお茶で少し身体を温めてから先に進んだ僕達だったが、時々魔物が現れる以外は特に何もなく四階層を攻略したのだった。

転移装置の広間で夜を過ごし、翌朝、五階層へと向かった。

「気温は一階層、三階層と変わらないかな？」

「「そうだね～」」

五階層は広い岩石地帯で、また暑い階層だった。

アレンとエレナは暑かったのか、ケープを脱いで鞄にしまっている。

「「あっ！」」

《あれはフレイムホースだね》

アレンとエレナが急に走り出したかと思ったら、フレイムホースを見つけて倒すために向かって行ったようだ。

《わ～、先を越された～。待ってよ～》

《わ～い。ラジアンもいく～》
ベクトルとラジアンが慌てたように子供達を追いかけていった。
《わ～、朝から元気だね～》
《本当ね～》
そして、ジュールとフィートが微笑ましそうに、駆けていく子供達の背中を見つめていた。
《あ、もう倒したの！》
しかし、早々にアレンとエレナが水魔法でフレイムホースを仕留めてしまったので、ベクトルとラジアンが追いつく前に戦闘は終わった。
《危なげもなかったですね～》
「そうだな～。まあ、まだ低層だしな」
《それもそうですね。そうだ、兄上。今日はどういう風に動きますか？》
ボルトが今日の予定を聞いてくる。
一緒に行動するのか、それとも何チームかに分かれて行動するのか。また、採取メインなのか、攻略メインなのか……とかだね。
「あの様子からして、今日は採取っていうより戦闘って感じっぽいから、魔物狩りを中心にして移動しようか」
《じゃあ、みんなで一緒に行動して、順番で倒すの！》

「うん、それがいいな」

魔物との対峙はぐるぐると順番で回すようにして、僕にも回ってくるようにしよう。でないと、レベル差があっという間に開いてしまうからな。

「「おにぃちゃん、おにくがでたの～」」

アレンとエレナが、フレイムホースのドロップアイテムである、笹《ささ》のような葉に包まれた肉を持って帰ってきた。

「フレイムホースの肉？　それは食べたことのないものだね。今日の昼……いや、夜だな。晩ご飯に食べてみようか」

「「うん！　たのしみ～」」

馬肉なら何の料理がいいかな？　さすがに生で食べる馬刺《ばさ》しやユッケなどはちょっと苦手なので避けて……すき焼き風か、ショーガを利かせた肉じゃが風か……あ、ハンバーグっていうのも良いかな？

《今日の晩ご飯？　じゃあ、それだけじゃ足りないよね？　よし、兄ちゃん、フレイムホース狩りをしようよ！》

「いやいや、これだけあれば一食分は十分にあるから！」

《美味しいってわかってからお肉集めするより、今から集めたほうが絶対にいいよ。多く手に入れてもお土産にすればいいいし、もしフレイムホースの肉が美味しくなかったら、売っちゃえばいいし

ね！》
　確かに、フレイムホースの肉が美味しいってわかった時点で、子供達が肉集めに奔走《ほんそう》するのは目に見えている。それなら今から……というベクトルの案は正論だ。
《……ベクトルがまともなことを言っているの！》
《……本当ね～。いつもなら自分だけでお肉集めに爆走するものね～》
《マイル！　フィート！　オレだって偶には良いことも言うんだからね！》
　マイルとフィートの言葉はベクトルにも聞こえていたようで、ベクトルが抗議の声を上げている。
　だが、自分でも〝偶には〟と言ってしまっているのはいいんだろうか？
「まあ、魔物が襲ってきたり見つけたりしたら倒すことだし、フレイムホースに限定しなくてもいいんじゃないか？」
《あ、それもそうか～》
　というわけで、最初の予定通り、一緒に行動し、順番に魔物の相手をすることにした。
「「あっ！」」
《フレイムホースだね。えっと、次は……》
《わたしなの！　あれならいけるかもなの！》
　ここまでマイルの順番が回ってきた時、相性の悪い岩系の魔物だった場合、マイルの順番は飛ばしていた。

だが、今回の相手は獣型なので倒せるかもしれないと、マイルは張り切った様子で挑んでいった。
《〈バインド〉なの！　続いて――〈ストーンバレット〉なの！》
マイルはフレイムホースの足を蔦で拘束し、石の礫で攻撃する。
しかし、フレイムホースは蔦を焼き切ると、易々《やすやす》と石の礫を躱《かわ》す。
《やっぱり駄目なのね！　じゃあ、今度はこれなの！　――〈アースバインド〉なの！》
マイルがそう叫ぶと、地面から伸びてきた石の縄がフレイムホースの足を縛《しば》る。
蔦では焼かれてしまうので、今度は石で拘束したようだ。
《〈アースニードル〉なの！》
続けて地面から先端の鋭く尖《とが》った土の柱が何本も突き出し、フレイムホースに突き刺さっていく。
しっかりと急所に攻撃が入ったようで、フレイムホースは倒れ、ドロップアイテムに変わった。
《やったなの！　倒せたの！》
「マイル、よくやったな～」
「「マイル、やった～」」
嬉しそうに戻ってきたマイルを手のひらに乗せ、相性が悪くても最後まで諦めずに戦ったのを褒めて撫でる。
《兄様、マイル、お肉が手に入ったわよ～》
喜びのあまり忘れていたドロップアイテムはフィートが拾ってきてくれたようだ。

《あ、忘れていたの！　フィート、ありがとうなの！》
「本当だな、すっかり忘れていたよ。フィート、ありがとう」
《ふふっ、どういたしまして》
みんなの頼れるお姉さん、フィートはさすがである。
《あらあら、次の魔物が来たわね。えっと、二匹だから、兄様とラジアンね》
フィートの言う通り、フレイムラビットが二匹、こちらに向かって来ていた。
「本当だな。フレイムラビットならラジアンも大丈夫だな。ラジアンは左のフレイムラビットをお願いいな」
《は～い》
「フィート、大丈夫だと思うけど、ラジアンを見ていてね」
《任せてちょうだい》
フレイムラビットならもう何度も倒しているので大丈夫だとは思うが、それでも一応フィートに援護をお願いしておく。
「《エアショット》」
僕は右のフレイムラビットをさくっと倒す。すぐに終わるので、フィートに援護を頼む必要はないと思うけど、一瞬でも目を離した隙に……なんて事態は避けたいからな。
《〈うぃんどかったー〉》

ラジアンはだいぶ風魔法を使いこなせるようになっているようで、命中率はかなり上がっている。
「やっぱり子供と言ってもグリフォンだな。フレイムラビットくらいならもう問題はなさそうだ」
僕が感心してそう言うと、隣のフィートも頷いている。
《そうね。次は獣系の大きめの魔物と対峙させてもいいかもしれないわ》
「早くないか？」
《あら、大丈夫よ。私がしっかり見ておくから、危険な目になんて遭《あ》わせないわ》
「……」
ラジアンの戦闘訓練を始めたのは僕だが、フィートのほうが教育熱心になっている。
ちょっとスパルタ感はあるが……危険がないのであれば任せておくべきかな？
《タクミおにーちゃん、たおせたよ～》
「うん、ちゃんと見ていたよ。凄かったよ～」
《ほんとう？　やったー！》
「ただな、ラジアン、無理だけはするなよ？」
《うん？　わかったー？》
「本当にわかったか？　疲れたり辛かったりしたら言うんだぞ」
《は～い》
ラジアンには溜《た》め込まないように伝えたが……わかっているのかな？　僕もちゃんと見ておくこ

とにしよう。

それから僕達は、休憩やお昼ご飯を挟みつつ順調に魔物を倒しながら進んだ。すると、アレンとエレナが突然声を上げた。

「「あっ！」」

「ん？」

「おにぃちゃん、あそこ～」

「おにぃちゃん、へんなのある～」

「ん～？　ああ、あれはサボテンだな」

アレンとエレナが見つけたのは、僕の膝丈《ひざたけ》くらいまでの高さがある、埴輪《はにわ》のようなサボテンだった。名前は……うわっ、ハニワサボテンだって。まあ、サボテンの一種で間違いないようだ。

「「サボテン？　き？」」

「あ～、木ではないかな？　何だろう……まあ、植物ではあると思うけど……」

茎《くき》だっけ？　【鑑定】では……わからないな。だが、多肉植物ということはわかった。

「「たべられる？」」

「え？　食べ、食べられなくはないと思うけど……どうだろう？」

地球では食べられるサボテンっていうものはあったと思うが……エーテルディアのサボテンがど

ういう種類があるかまではさすがに知らない。

えっと……あ、食用可っぽい。でも、可能であるだけで、味の保証はないらしい。食べないほうが賢明だな。

「食べものっていうより、水分？　ここみたいに暑いところで飲み水がなくなった時、その場凌《しの》ぎで飲むもの？　まあ、あまり美味しいとは聞かないけどな」

「「な～んだ」」

美味しくないと聞いて、子供達の興味は一気になくなったようだ。

「えっと……あ、でも、このサボテンの水は薬になるみたいだな」

「「おぉ～。いっぱいとろう！」」

しかし、薬になると聞けば、子供達の興味も一瞬で取り戻された。

「おみずは～？」

「どうやってとる～？」

「あ～、どうだろう？　とりあえず、切り目を入れて、そこに瓶を置けばいいかな？」

「「やってみる？」」

「そうだな。じゃあ、やってみようか」

僕は薬瓶を用意してからサボテンに切り傷をつける。すると、そこから水分が溢《あふ》れてきたので、瓶で受けとめた。

徐々にだが、濁《にご》った水が溜まっていく。

「「とれた～」」

「だな。それにしても思ったより出てくるな～」

手のひらに収まるくらいの薬瓶だったら、あっという間にいっぱいになる。

「「おにぃちゃん、びん、ちょうだい」」

「アレンもやってくる～」

「エレナもやってくる～」

「わかった。じゃあ、これにお願いな」

「「は～い」」

アレンとエレナは瓶を受け取ると、別のサボテンの下に行き、僕と同じようにナイフで切り傷をつけ、溢れ出てくる水を集める。

《兄様、この水は何の薬の材料なの？》

「むくみを解消するって言えばわかるかな？　まあ、身体の調子を整える薬になるみたいだ」

《なるほどね～。本当に薬の材料になるものっていろんなものが多いわよね～。覚えるのがいっぱいだわ》

「でも、僕も全部覚えているわけじゃなく、鑑定スキルに頼ってばかりなんだよな～」

《あら、スキルは便利に使うことが一番よ。使わないっていう選択肢はもったいないだけよ》

「それもそうだな」

それから十分にサボテンの水を採取してから僕達は散策を再開させたが、その後はほとんど収穫もなく、平和な道中が続いた。

まあ、魔物は現れて、その度に倒してはいたけどね。

「「ボスべやだ～」」

そして、子供達がボス部屋の扉を発見した。

結局、この階層の攻略も一日くらいしかかかっていない。普通はこんなに簡単じゃないんだろうな～。

「疲れていない？」

「「だいじょうぶだよ！」」

ジュール達にも確認したが、みんな問題ないということで、僕達は早速ボス部屋に入ることにした。

「「なにがでてくるかな～」」

アレンとエレナはわくわくした様子で扉を開け、中に入っていく。

《外と似たような風景だね～》

《そうね。あ、そろそろ出てくるみたいだわ》

ジュールとフィートの言う通り、ボス部屋の中は、今まで見ていた岩石地帯と似たような場所だった。

そして扉が閉まると、広間の中心に光が発生する。

「「ラジアン、あれがボスだよ～」」

《ぼす～？》

アレンとエレナは、ボスが初体験のラジアンに指を差しながら光について説明していた。

「あれは、フレイムサウルスだな」

しかも一匹ではなく、十匹近くいる。

「「なんだ～」」

フレイムサウルスは、『巨獣の迷宮』で戦ったことがあるので、子供達は見るからに残念そうな顔をしていた。

「こらこら、初めての魔物じゃないからって油断はしない。十匹くらいか？　とりあえず、一人一匹かな。残りは早い者勝ちね」

「「わかったー！」」

フレイムサウルスの皮は少々固めなので、マイルとラジアンではちょっと辛いかもしれない。僕はさくさく倒して二匹の援護に回るとしよう。

「マイル、ラジアン、大丈夫か？」

僕は予定通り、さくっとフレイムサウルスを倒すと、マイルとラジアンのもとへ向かう。

《こいつ固いの！》
《むぅ～、タクミおにーちゃん、こいつたおせな～い》
すると、やはり苦労しているようだった。
「頑張れそうか？」
《残念だけど、わたしじゃ無理なの！　タクミ兄、お願いなの！》
《ラジアンもむり～》
「了解。――《エアショット》」
マイルとラジアンは素直に助けを求めて来たので、僕は手加減した魔法を放つ。決して仕留めないように威力は抑えてだ。
「マイル、ラジアン、これならどうだ？」
《タクミ兄、ありがとうなの！　――〈エアバレット〉なの！》
《〈うぃんどかったー〉》
そして、トドメはマイルとラジアンに任せる。
《倒せたの！》
《たおした～。タクミおにーちゃん、たおしたよ～》
無事にフレイムサウルスを倒せたマイルとラジアンが駆け寄ってくると、マイルはするすると肩を上って来て、ラジアンは懐に飛び込んできた。

「よしよし、頑張ったな～」

マイルは『キューキュー』、ラジアンは『クルクルッ』と甘えてくるので、撫でながら存分に甘えさせる。

「「ぜんぶたおした～」」

《ドロップアイテムも集めてきたよ～》

他の子達が残りのフレイムサウルスを全て倒し、さらにドロップアイテムも全て集めてきてくれたようだ。

「ありがとう」

ドロップアイテムは魔石と肉、あとは皮だな。

「みんなに提案なんだけど……」

マイルとラジアンが落ち着いてから、僕は子供達を呼び集め、この後の予定について話した。

「一旦、迷宮を出て、ギスタの街に行こうと思う」

「「おわりー？」」

《えぇ!? 兄ちゃん、もう帰っちゃうの!?》

アレンとエレナはこてんと首を傾げ、ベクトルが慌てたように迫ってくる。

「違うよ。ただの休息。この迷宮は寒暖差のせいで身体の負担が大きそうだからな、さすがにずっと迷宮に籠《こも》っていたら体調を崩すと思う。だから、街で数日過ごしてからまた六階層から攻略を始めよう」
《そうだね。この迷宮は、アレンとエレナの身体に悪そうだしね。ボクは休息に賛成！》
理由を話すと、ジュールを始め、みんなが納得するように頷く。
《わ～、何だ、そういうことか！　そういうことならわかった！　お休みする！》
一番驚いていたベクトルもほっとした様子を見せて納得したので、僕達は転移装置の間で休憩して、翌朝、迷宮を出てギスタの街に向かった。
あ、もちろん、晩ご飯にはフレイムホースの肉を美味しくいただいたよ。

◇　◇　◇

ギスタの街に到着すると、僕達はまず冒険者ギルドへと向かった。

「お、タクミ、やっと会えた！」

「あ、ジークさん！」

すると、運が良いことに、ギルドに入ってすぐに、『灼熱の迷宮』の前で知り合ったジークさんと遭遇した。

「え、まさか、今迷宮から戻って来たばかりか？　タクミならもっと早く一階層の攻略を終えて街に来ると思っていたが……もしかして、二階層も途中まで見てきたのか？」

「……」

普通の冒険者だと、一階層の攻略だけなら、ゆっくり攻略しても二、三日ってところなのかな？　たぶんだけど。

だが、僕達が迷宮前で出会ったのは……正確にはわからないが、たぶん六日ほど前だ。だから、ジークさんは少し日数がかかっていることに驚いたんだと思うし、二階層の途中まで様子を見てきた……っていう予想をしたんだろう。

この話の流れで、五階層まで攻略は終えたって……言ってもいいものだろうか？

「「ちがうよ！」」

「あっ！」

僕は慌ててアレンとエレナの口を塞いだ。今、間違いなく五階層まで終わったって言おうとしていたからな。

「……よし、タクミ、時間はあるな？　ちょうど昼時だし、食堂に入ろう。もちろん、個室のあるところでな。そこでじっくりと話を聞こうじゃないか！」

「ははは～……」

ジークさんは何かを察したらしく、僕達との会話が他人に聞こえない個室へと誘導してくる。

「ああ、言っておくが、じっくり聞くとは言ったが、喋《しゃべ》りたくないなら言わんでもいいぞ。もちろん、教えてくれるならじっくり聞くけどな～」

「えっと、絶対に話せないというわけではないですが……驚くんではないかな〜とは思いますね。なので、心の準備をしておいてもらえれば話しますよ〜」

秘密にしていてもそのうちバレそう……っていうか、自分達で内密にしきれなそうなので、ここであっさり話しておいたほうが気楽な気がするんだよね〜。

「お、そうなのか？　じゃあ、心の準備をしておくから、聞かせてもらおうじゃないか！」

「ジークさんだけで、他のメンバーはいいんですか？」

「それなら、さっき人をやって呼んだから、店で集合する手筈《てはず》になっているぞ」

「わぁ〜お、いつの間に……」

本当にいつの間にか、他の『氷刃』メンバーが集まる手筈が整っていた。


「ここだ」

「「ここー？」」

「ジークさん、こっちで〜す」

「うわっ、もうみんないる！」

案内された店に入ると、そこには既に『氷刃』のメンバーが四人揃っていて、オスカーさんが僕達に気がついて手を振っている。

「いや、おかしいでしょう。何でもう全員が揃っているんですか？　ジークさんが伝言を出したのって、ついさっきでしょう!?」

「それについては、俺も驚いた。ここは俺達が泊っている宿だから、一人二人はすぐに合流できるとは思ったが……みんな出歩かずに宿にいたようだな」

「そうですね。ウォーレンさんとニックは部屋で読書、オレとワルドは飲んでいました～」

「えぇ～」

二名に関しては、昼前からお酒を飲んでいたようだ。

「俺以外出かけてなかったのは、さすがに予想外だよ！　本当に引き籠りばかりだな～」

ジークさんも呆れたように自分のパーティメンバーを見つめていた。

「ひきこもり！　アレンもやる～」

「エレナもやるよ～」

「いやいや、二人のは引き籠りとは言わないかな～」

「「そうなの？」」

「だって、一日中部屋の中からまったく出ないっていうのは……二人はやったことないんじゃないかな～？」

「「あれ～？」」

「庭に出たり、邸《やしき》の中をうろちょろしたりはしているだろう？」

「「してるね～」」

ルーウェン家の敷地内から一日出なかった……ということなら何度かあるが、自分の部屋から出なかったっていうことはまずないだろう。せいぜい午前中はベッドの上でゆっくりぐーたらしている……というくらいだ。それ以外の時間はそれなりに動き回っている。

まあ、家に籠っていると言えば確かにそうなんだが……邸《やしき》の大きさを考えると、僕は引き籠りとはちょっと違うと思うんだよね。

「ひきこもりじゃなかった！」

「なかった～」

「お、おう、そうか……」

僕に否定された子供達は、しっかりとジークさんに訂正を入れていた。

ジークさんは反応に困っていたけどな。

「えっと、ここは宿兼食堂ってことでいいんですか？」

「ああ、そうだぞ」

「お店の人はどなたでしょう？　部屋は空いているかわかりますか？」

宿屋だということなので、今晩の宿を確保してしまおうと思う。

すると、申し訳なさそうな顔で、男の人が申し出てくる。

「兄ちゃん、部屋なら空いているは空いているんだが……生憎《あいにく》、一人部屋しか空いていないんだよ。そっちなら何部屋かあるんだけどな～……」

「それで問題ないので、一室お願いします。大人一人子供二人です」

宿の人がすまなそうにしているのは、三人で一部屋だとどうしても部屋が狭くなってしまうからだろう。だからと言って、さすがに子供達が一人部屋を使うには幼いからな。

「『いっしょにねる～』」

シングルベッドでもまだ一緒に寝られるが、狭かったら備え付けのベッドを一時《無限収納》《インベントリ》に入れて持っている大きいベッドを使えばいい。

……しかし、そろそろ別々で寝るように仕向けたほうがいいんだよな～。まあ、そのことは追々考えよう。

「そうか？　なら一部屋とっておくぞ」

「ありがとうございます」

手続きを終えたところで、僕はジークさんのほうを向き直る。

「さて、部屋も確保したことですし、食事にしましょうか」

「『ごはん、ごはん～』」

「ああ、個室が良いそうだな。そこが空いているから使ってくれ」

「ありがとうございます。あ、そうだ。作る食事にこれを使ってくれませんか？」

宿の人が奥のほうを示したので、お礼を伝えつつ、僕はふと思い立って《無限収納》《インベントリ》から『灼熱の迷宮』で手に入れたピンクの岩塩を取り出した。

他の人が作るご飯で味を確認しようと思ったのだ。

「うわっ！　灼熱のピンク岩塩じゃないか！　見つけたのか！」

「……」

……あれ？　この驚きようは、意外と稀少なものだった？

「よし、個室案件が増えたな！」

「……えぇ～」

「ほら、来い」

「ちょっ！　塩！　本当に使って構わないのでこれでお願いします」

僕達はジークさん達によってすぐさま個室へと連れていかれそうになったので、何とか宿の人に塩を渡してから移動する。

「さてと、タクミ。最初に確認するが、君達は俺達と初めて会った日に、初めて『灼熱の迷宮』に潜ったってことで間違いないな？」

「え、あ、はい、そうですよ？」

席に落ち着くと、ジークさん達からの質問タイムが始まる。

「うわっ！　ということは、一階層でもこの岩塩が見つかるってことか⁉」

「オスカー、それはまだわからないぞ。――タクミ、さっき聞きたかったら聞いても良いと言っていたな。何階層まで行ったんだ？」

「……えっと」

「「ごかいそう！」」

「「「「っ⁉」」」」

確かに聞きたければ教えると言ったけど、少し躊躇《ためら》っていたら子供達があっさりと答えた。

すると、返答を聞いたジークさん達五人は、目を見開いて息を呑んでいた。

「はぁ⁉　一気に五階層まで行ったのか⁉」

「「うん、いった～」」

「嘘だろう！」

「「うそじゃな～い」」

「え、じゃあ、だいたい一日一階層か？」

「「そうだね～」」

ジークさんの言葉は質問というかただ零れただけの言葉っぽいが、それに子供達がぽんぽんと答えていく。何か……見ていて面白い。

「やば……心の準備をしていたはずなのに驚いたわ～」

「ははは～」

心の準備は無駄だったようだ。ジークさんは少し疲れたようにしている。

「いや～、タクミ達は凄いな。低階層とはいえ、一気に五階層を攻略したのかよ～」

「うちのパーティには、勘が働くのも、鼻が利くのも、高所から偵察できるのもいますし、移動力もありますからね。攻略はそれなりに有利です」

「なるほどな〜。それは羨ましいぜ」

ジークさんは僕の言葉を聞いてジュール達のことを思い出したのだろう。納得したように頷いていた。

本当にみんなの能力に助けられているので、時間のかかる攻略も捗《はかど》るんだよな〜。

「そういえば、あの岩塩って、そんなに凄いものなんですか？　とても驚いていましたけど……」

さすがに岩塩の市場価格などは把握していなかったので、正直に聞いてみることにした。

「あの岩塩は八階層、十階層で採掘できるもので、そんなに数は出ないんだよ。だから、なかなかの高値がつくぞ。それが低階層で見つかるとなれば、この街の冒険者達がこぞって狙うんじゃないか？」

「……なるほど」

岩塩はやっぱりそこそこ良いものだったのだな〜。

「俺も正直どこで採れたのか知りたいが……あ、秘匿したいなら情報は言わなくていいからな」

「いいえ、秘匿したいわけじゃないのでいいんですが……二階層、四階層で手に入りましたよ？」

「「いっぱいあった〜」」

「二階層と四階層の両方⁉　しかもいっぱいなのか⁉」

「ええ、まあ……」

そんなに採掘できないもののようだが、結構たっぷりめに採掘したな〜。

さすが、アレンとエレナってところかな？

「おーい、入るぞ！　料理ができたぞー」

「「ごはーん！」」

話は途中だったが、料理が運ばれて来たので一旦中断した。

料理は宿の受付をしてくれた男の人が作ってくれたようで、この宿の店主らしい。たまたま僕の接客をしてくれたが、料理人のようだ。

こういう宿は夫婦が経営していることが多いが、旦那《だんな》さんが料理人、奥さんが受付や接客ということが多いよな〜。

テーブルの上に並べられたのは、食堂などでよく提供される肉が多めの野菜炒《いた》めやスープだ。

「美味っ！　親父さん、絶対にいつもより美味いよ！　塩？　あの塩を使ったから？」

メニュー自体はよくあるものだが、オスカーさんは一口食べただけで味の違いがわかったようだ。

「オスカー、おまえに味の違いなんてわかるのか？」

「美術品の良し悪しはさっぱりわからないが、食べものが美味いかどうかならわかるぞ！」

「まあ、オスカーに審美眼《しんびがん》はないさな」

「ひでぇ〜」

オスカーさんと旦那さんが、ぽんぽんと言い合いをしている。長く拠点にしているからか、仲が良いようだ。

「何と言うか……上品な仕上がりのような気がする？」

「ウォーレンもそう思うか？　俺も作っていてそう思ったぞ」

味わうように食べていたウォーレンさんの言葉に、旦那さんが同意していた。

それにしても、上品な味か～。確かに、雑味がない岩塩なので、そう感じるかもしれない。

「兄ちゃん達はどうだ？」

「「おいしい～」」

「とても美味しいです」

「そうか、それは良かった。おっと、そうだそうだ。兄ちゃん、岩塩の残りはこれな。ここに置いておくぞ。貴重なものを使わせてくれてありがとうよ」

旦那さんは僕達の感想を聞くと満足そうな顔をし、調理で残った岩塩をテーブルに置くと、部屋を出ていった。

「「おにぃちゃん、こっちもおいしいよ～」」

「本当？　じゃあ、少しちょうだい」

「「うん！」」

食べながら雑談……という感じにはならず、僕達はほぼ会話をしないまま食事に集中した。

「はぁ～、美味かった～。俺達はあまり採掘作業をしないから、実際に味わう機会はないと思っていたが、今日は運が良いな～。タクミ、食べさせてくれてありがとうな！」

「いえいえ、喜んでもらえて良かったですよ」

食事が済んでから改めて会話が始まったが、『氷刃』パーティは魔物素材の入手と迷宮攻略に力を注いでいるようで、岩塩の採掘はしたことがなかったそうだ。

「やっぱり採掘を主軸で活動している冒険者もいるんですか？」

「いるいる！　今の主流は八階層の坑道だな。質の良い鉱物が採れるようだ」

「へぇ～」

「あ、岩塩もな。十階層よりもかなり少ないみたいだが」

鉱物が採れる階層もあるんだな。使い道は全然思いつかないが、少しは採掘しておきたいかな。

「ちなみに、ジークさん達は、今は何階層なんですか？」

「俺達は先日会った時、ちょうど十二階層を攻略したところだったんだ。今攻略している者達では、一番進んでいるはずだ。確か、過去の記録では十五階層が最高だな」

ジークさん達が現在の最高攻略者で十二階層、過去の最高記録は十五階層ね。過去も含め、もっと攻略されているものかと思っていたが、五分の二にも到達していなかったんだな。

やはり暑い迷宮だから攻略がなかなか進まないのかな？　これはしっかり覚えておかないとな。

「あの迷宮、十一階層から気温が上がるから、大変なんだよな～」

「じゃあ、十階層までは、そんなに変わらない感じですか？」

「ああ、階層ごとに交互に上がったり下がったりが、一から五とあまり変わらないぞ」

五階層まで交互だったからその先もそうだとは思ったが、十階層までは交互に入れ替わるようだ。

「そして、十一、十二階層は暑い階層ってことですね」

「ああ、そうだ。十三階層も少し見てきたが、暑い階層だったな」

なるほど、なるほど。貴重な情報をありがとうございます。

「アレン、もっとさきにすすむ！」

「エレナもがんばる！」

灼熱の迷宮の内情を聞いていた子供達がやる気を見せると、ジークさん達は微笑ましそうに子供達を見る。

しかし、僕は落ち着かなかった。子供達がやる気を出したら、ジークさん達の記録どころか、過去の記録まであっさり抜いちゃいそうだしな！

「……アレン、エレナ、ほどほどにしよう」

「「えぇ、がんばる～」」

本当に、やる気はほどほどにしておいてほしい。切実に。

「あ、ほら、八階層が採掘に向いているみたいだし、そこで採掘することを目指そうよ」

「さいくつもする～」

「だけど、こうりゃくもする～」

……これは今落ち着いてもらうのは駄目そうだ。

まだ時間の猶予《ゆうよ》はあるので、それまでに子供達を止める方法を考えておこう。

「子供達はやる気満々だな～。頑張れよ」

「『うん、がんばる！』」

「ジークさん、応援は駄目ですって！」

本当に止めて。子供達が張り切った結果が怖いからさ～。

「いや～、タクミ達ならすぐに俺達を超えて先に進みそうな気がするな～」

「何を言っているんですか！　ジークさん達も攻略を進めてくださいよ」

「俺達は安全第一なんだ。だから、タクミ、俺達より先に進んだら、地図や情報などの提供をよろしくな！」

「いやいやいや！」

自分達が一番だとか、そういうプライド？　あ、固執《こしつ》か。固執はないのかな⁉

「ジークさん達って、僕達が記録をあっさり超えて行ったら悔しくないんですか⁉」

「ん？　どうだろう？　タクミ達は規格外っぽいからな～」

「そうですね。規格外っていうか、異常っぽい感じがする」

「あ～、そういう気配はあるよな～」

「さくさく過去の記録を抜いてくれたら、僕達への期待度が減りますかね？」

「ふむ、それは是非ともお願いしたいものだな」

「……」

全員が気にしていないだと!?　というか、言っていることが酷い人もいるよ！

「一番攻略が進んでいるのって、そんなに周囲……というか、ギルドかな？　冒険者ギルドからの期待が凄いんですか？」

「迷宮から帰って来た時は、毎度必ずギルドマスターから呼び出されるくらいにはな」

「毎度必ず？　うわ〜、それは嫌かも」

「先日、十二階層を終えた時なんて、凄く喜ばれたけどさ。攻略なんてそうさくさく進むもんじゃないのに、階層の攻略途中で街に戻ると明らかに落胆《らくたん》されるな」

「うわっ！　それは本当に嫌だ！」

ジークさん達はかなり精神的に苦労しているようだ。

「あれは本当にどうにかしてほしいですよね〜」

「もしくは、そんなに期待するなら支援くらいしてくれってオレは思います」

「いや、支援されるとますます成果を求められるだろう。それだけは絶対に避けたい」

本当に苦労しているようだ。

「そういうわけだから、切実にタクミには頑張ってもらいたい」

「ジークさん達の期待が重い！」

「そんなことないぞ。頑張れ！」

「「がんばる〜」」

「いや、本当に待って」

ジークさんはとことんアレンとエレナを張り切らせようとするな〜。

まあ、それだけ苦労しているってことだけどね。

「「がんばる〜」」

この後、しばらくジークさん達からいろいろと情報を貰ったのだが……これは〝早く自分達のところまで来い〟という期待からのような気がした。

そして、子供達はますますやる気を出していて……これは僕には止められそうにはないような気がしている。

第五章　迷宮へ行こう。続・灼熱編

「さて、今日はどうする？」

「「ひきこもりする～」」

「……」

ギスタの街にやって来た翌日、僕が何をして過ごすか尋ねると、子供達はすぐさま引き籠りを提案してきた。昨日、引き籠りをやったことがないとわかったから、早速実践してみるようだ。

「まあ、休息としては間違ってないから、今日は本でも読んで過ごすか～」

「「そうする～」」

というわけで、僕達は丸一日宿の部屋に引き籠り、のんびりと過ごした。

引き籠りの翌日は、街に出かけて買い出しをした。

迷宮探索のために不足品を補充するという名目だが、《無限収納《インベントリ》》のお蔭で、食料品でさえ特に補充する必要はない。

なので、僕達はただただ初めての街だということでぶらぶらと店を巡り、初めて見るものや気になったものを買い込んだ。

「「がんばるぞ～」」

街で二日過ごすと、僕達は早々に迷宮に戻ってきた。

本当はもっと休息を挟んでも良いのだが、アレンとエレナには二日で十分だったようだ。

「それじゃあ、五階層に行くぞ～」

「「《《《《《は～い》》》》》」」

僕達は転移装置を使って五階層の最奥《さいおう》の間に行き、そこから階段を下りて六階層へと向かった。

「「すずしい～」」

六階層は聞いていた通り、涼しめの気温の坑道だった。

「ジークさん達によると、この階層ではほとんど何も採掘できないって話だけど……どうする？」

「「ほってみる～」」

「だよな。そう言うと思った」

二、四階層では出ないと思われていた岩塩を採掘しちゃうくらいだしな、子供達なら何かしら掘り当てることだろう。

「「ここ、ほってみる～」」

早速、子供達はツルハシを構えて壁を掘り始める。

《ラジアンもほる～》

《じゃあ、オレも掘ろうかな～》
《それじゃあ、ボクは魔物の相手をするね～》
アレンとエレナに続いてラジアンとベクトルも壁を掘り始め、ジュールは採掘している者を守るように周囲を警戒する。
「子供達が採掘している間って、本当にやることがないんだよな～」
《そうね～》
《ありませんね～》
《暇なの！》
そして、僕、フィート、ボルト、マイルは完全に見守り隊状態だ。
「どうする？　僕達もどこかを掘ってみる？」
《私達じゃあ、空振りする未来しかないような気がするわ》
「だよね～。僕もそう思う」
《兄上、料理でもしていますか？》
「長く同じ場所に留まるならそれもいいけど、ちょこちょこ場所を移動するから無理じゃないか？」
《タクミ兄、大人しく見守っているの！》
「そうだな。そうするか～」
見守り隊を続行することに決定した。

「「いっぱいあった～」」

《あった～》

「よくこれだけ見つけたな～」

「「ゴロゴロでた！」」

子供達は大量の岩塩と鉄を掘り出したようだ。

しかも、話を聞く限り、いろんなところを掘ったのではなく、一箇所掘ったところからゴロゴロ出てきたらしい。さすが、運が良いよな～。

《お兄ちゃん、魔物もそこそこ来たよ～。ドロップアイテムはあそこね～》

子供達の戦利品を眺めていると、ジュールも戻ってきた。

ドロップアイテムを一箇所にまとめてあるので回収してほしいようだ。こちらもそこそこの量があるみたいだ。

「採掘はそろそろいいだろう？　先に進もうか」

「「うん、すすむ～」」

六階層をさっくり攻略すると、僕達は岩石地帯の七階層へと向かった。

「さて、どっちに行くかな？」

「「あっちー！」」

「あっちね」

遭遇する魔物を倒したり、イワダケを採取したりして歩いていると、遠方に今までなかったものが見えてきた。

「ん～？　何か植物みたいのがあるな～」

「「ほんとうだ！」」

遠目では木のように見えるのだが、今までの岩石地帯ではほぼ植物は生えていなかった。なので、不思議に思って見に行ってみることにした。

「普通の木かな？」

「「そうだね～」」

すると、間違いなく木が生えていたのだ。

「お、実が生《な》っているな～」

「「おいしいやつ？」」

「ちょっと待って」

木の大きさは僕の身長と同じくらいの高さで、真っ赤なミニトマトのような実がたくさん実っていた。ぱっと見はクリスマスツリーのようだ。

「えっと……」

【鑑定】で調べてみると、その実は……まさかのコンニャクの実だった。

「コンニャクかよ！　予想外すぎる！」

「「こんにゃく？」」

「食べものだね。煮物とかおでんの具材？」

「「おぉ！　たべてみたい！」」

丸型だから、いわゆる玉コンニャクってやつだよな。

コンニャク自体は嬉しいんだけど……赤いのは初めて見たな～。

「……できれば白いのが良かった～」

「「しろ？」」

「そう。僕が知っているのは白、もしくは黒というか灰色っぽいのものがよくあるものだな」

赤は違和感がありすぎるので、食べ慣れた色のほうが本当に良かったよ。

「ほかのいろもあるかな～？」

「さがしてみる～？」

《おぉ、確かにそうだね。探せば、そのコンニャクの実だっけ？　他の色の実もありそうだよね》

アレンとエレナが首を傾げながら言う言葉に、ジュールも同意するように頷く。

「迷宮産のものって、意外と色違いがあったりするからな～。探してみる価値はあるのかな？」

「「じゃあ、さがす～」」

というわけで、僕達はコンニャクの実を探すことにした。あ、もちろん、赤のコンニャクの実をたっぷりと取ってからね。
「こっちにしろいのあった～」
「こっちはくろいの～」
《お兄ちゃん、こっちには黄色いのがあるよ～》
《あおいの～》
《兄ちゃん、灰色と緑もあるよ～》
すると、いろんな色の実が続々と見つかった。しかも、大量にね。
《兄様、いっぱい見つかったわね》
《凄い色とりどりです》
《しかもたっぷりなの！》
「いや、本当にな。こんなにあるとは思わなかったよ」
白と黒があればいいな～と思ったが、ここまでカラフルなものが見つかるとはまったく思っていなかった。
というか、結構簡単に見つかったけど、ギスタの街ではこの実は売っていなかったんだよな～。実という名ではあるが、味がほとんどないから見て見ぬふりされていたのかな？
「さてと、早速だけど、すぐにコンニャクの実を使って料理してみたいから、七階層の攻略を目指して転移装置のところで料理をしていい？」

「「いいよ！　してして！」」
《ボクも食べてみたいから賛成！》
《ふふっ、楽しみね。それじゃあ、さくさく先に進みましょう》
《ぼくも楽しみです。あ、上からちょっと偵察してきますね》
《わ〜い。兄ちゃんの料理楽しみ〜》
《タクミ兄、急いで行くの！》
《ごはん、たのしみ〜》
僕の提案に全員が了承してくれ、僕達は七階層をさくっと攻略したのだった。

転移装置の間に着いたら、僕は早速料理を始めることにした。

「それじゃあ、みんなは休憩していて」

「「おてつだいはー？」」

「大丈夫だよ。また今度お願いね」

「「わかったー」」

みんなが思い思いに休憩している間に、調理を進めていく。

「まずは下処理だな」

コンニャクの実は皮などはなく、本当にそのままの状態で実っていたので、まずは魔法で洗浄する。次にコンニャクに塩を振って軽く揉み込む。そして、しばらく時間を置いたら沸騰したお湯で数分茹《ゆ》で、お湯を切る。

僕の知っているコンニャクとは違うので下処理は必要ないかもしれないが、しておいて間違いはないだろう。

下処理が終わったら早速調理なのだが……実は僕は、あまりコンニャク料理っていうものを知らないんだよな～。なので、ショーユに砂糖、レイ酒、唐辛子を使ってコンニャクの甘辛炒めにすることにした。子供達用には辛味を抑えたものを別に作るので、こちらは少しピリッとした辛さのあるものにする。

「それにしてもカラフルだな～」

コンニャクは全部の色を混ぜて作ってみたが、見た目が面白いことになった。

できあがりに関しては白いコンニャクを目安にしたのできっと大丈夫だろう。

あとは、ご飯とミソ汁……オークのミソ焼きとシロ菜――白菜のお浸しにでもしようかな。

「「くにくに～♪」」

《コンニャクの実って、面白い食感だね～》

みんなコンニャクの食感を気に入ったようで、翌日、七階層に戻ってコンニャクの実探しを再びやることになった。

コンニャクの実集めを満足するまで行った僕達は、続いて八階層へと向かった。

「この階層は質の良い鉱物が出るって話だけど……どうする？」

「「ほる～」」

「だよね～」

聞くのが無意味なくらい、子供達の返答が早かった。

「ここでは僕も採掘するかな～」

「「おぉ～、しよう、しよう！」」

この階層なら普通の人でもそこそこ掘り出せるようなので、僕も採掘に参加することにする。

「あ、ここの階層は採掘で人気らしいから、他に冒険者がいると思って行動するよ。だから、ジュール達は念のために僕の目の届く範囲にいること！」

《《《《《はーい》》》》》

ここでは冒険者に会うかもしれないという前提で行動しないとな。僕がいないところでジュール達が冒険者と遭遇して、迷宮の魔物だと思われて攻撃されちゃったりしたら大変だからね。

いや、まあ、ジュール達ならそう簡単に負けないとは思うけど、ジュール達が人に攻撃とかしちゃったら大問題になる。必要以上に気をつけたほうがいいだろう。

「それじゃあ、アレン、エレナ、良さげなところに案内して」

「「まかせて！」」

アレンとエレナの案内で、僕達は移動して採掘を始めたのだが——

「ざくざく出てくるな～」

「「ざくざく～」」

鉄と岩塩が多いが、本当に〝ざくざく〟という表現が相応《ふさわ》しいくらい、大量に採掘品が掘り出されている。

「「あっ！」」

「どうした？」

「「キラキラしたのでたよ～」」

「キラキラ？」

「「これ～。なーに？」」

「うわっ、これ、金かっ⁉」

アレンとエレナが持ってきたものは、大粒の砂金だった。

「「きん？　ほうせき？」」

「宝石ではないけど、貴金属。装飾品とかにも使われるものだな」

「「いっぱいさがす！」」

金が使えるものだと知って、アレンとエレナは張り切って金を集めようとする。

「金をいっぱいって、何かに使いたいのか？」

「「おみやげにする！」」

「……ああ、うん、そうだね」

ルーウェン家へのお土産か。まあ、金は男女関係なく使えそうなものなので、受け取ってくれるかどうかはともかく、お土産にはできる品だね。

「いっぱい採れるといいね～」

「「がんばる！」」

子供達なら頑張らなくてもいっぱい採掘しそうなので、二人のことは放っておいて、僕は僕でマイペースに採掘を続けることにした。

そうして作業することしばらく――

「さてと、このくらいで止めておくか～。――アレン、エレナ、そろそろ満足したかー？」

「「もうちょっと～。これでさいご～」」

アレンとエレナは何かを掘り出している最中のようで、それだけは掘り出したいようだ。

「何を掘っているんだ？」

「「こはくー！」」

「こはく……琥珀《こはく》かっ！」

子供達の手元を覗いてみると、かなり大きい琥珀を慎重に取り出しているところだった。

しかも、虫入りの琥珀だ。

二人は前にも綺麗に蜂《はち》が入った琥珀を見つけたことがあるが、今回のも綺麗に蝶《ちょう》のような虫が入っていた。虫が綺麗な原形を保ち、しかも石の中央に位置することなんて、普通はありえないはずなんだけどな～。

あ、そういえば、蜂入り琥珀は《無限収納《インベントリ》》で眠ったままだったな～。貴族夫人って……宝石でもさすがに虫入りのものは使わない……よな～？

「また虫入りとか、確率が良すぎないか？」

「「むしがいないのもあったよー？」」

「え？」

「「これ～」」

「うわ～……」

子供達はいつの間にか、いくつもの琥珀を採掘していたようだ。

不純物が入っていない琥珀、葉っぱのようなものが入った琥珀、気泡が入った琥珀など、いろいろなものがあった。

《あ、お兄ちゃん、ボクが掘ったものはこれね》

《兄様、私が掘ったものはこれね》

《ぼくも掘りましたよ》

《オレは魔物の素材ね！》

《タクミ兄、ごめんなさいなの！　わたしはちょっとだけなの！》
《ラジアンもほった～》
ジュール達も順番に戦利品を渡してくる。すると、あっという間に僕の足下に採掘品や魔物素材で小山ができた。
「なんだかんだ、いっぱいになったな～」
《この階層は凄いね。掘ったところから必ず何かしらは出てくるよ》
《そうね。面白いくらい出たわ～》
ジュールとフィートの言葉に頷きつつ、改めて掘り出してきた素材を見る。
全体的に鉄が多いようだが、岩塩の他にいろんな宝石がちらほらと混ざっていた。
「よし。じゃあ、先に進むか」
「「《《《《はーい》》》》」」

採掘を満足するまでした僕達は、さくさくと八階層を攻略し、さらに九階層もさくっと攻略して、十階層に足を踏み入れた。

「ここでの採掘はどうする？」

「「やらなーい」」

「え？」

坑道の階層の度に採掘していてアレンとエレナだが、この階層では採掘はしないらしい。

「しないのか？」

「「しなーい」」

「そ、そうか。まあ、それはそれでいいんだけどさ～」

「「さくさくいく～」」

この階層もあっさりさっくり素早く攻略するつもりらしい。

「「あっちー！」」

しかも、駆け足でだ。

「つぎ、あっち～！」

「つぎ、こっち～！」

「「つぎはまっすぐ～」」

魔物と遭遇しても走りながら倒し、後ろの者がドロップアイテムを拾い、最後尾にいる僕にドロップアイテムを投げて渡すという……あれだ。どこかの迷宮でもやった迷宮内マラソンが唐突に始まった。

その結果、本当にあっさり十階層のボス部屋を見つけた。

「「とうちゃ～く！」」

《さすが、アレンとエレナだね。迷わずにボス部屋だ～》

《すごいの？》
《とっても凄いことだよ～》
《すご～い。アレンおにーちゃんとエレナおねーちゃん、すご～い》
「「えへへ～」」
ジュールがラジアンに、アレンとエレナがいかに凄いかを伝えると、ラジアンはアレンとエレナの周りを嬉しそうにくるくると回る。
ラジアンに褒められたアレンとエレナは、嬉しそうだが少し恥ずかしそうに笑っていた。
《照れているわね～》
「照れているな～」
《照れています》
「「むぅ！　おにぃちゃん、おやつちょうだい！」」
子供達の様子をフィートとボルトと一緒にほっこり見ていたら、アレンとエレナが少々怒り気味でおやつを要求してきた。照れ隠しかな？
「はいはい。何がいい？」
「「どらやき！」」
「了解。はい、どうぞ」
少し荒々しくどら焼きを受け取ったアレンとエレナだが、最初にラジアンに食べさせているあたり、やはり照れ隠しなのだろう。

だが、ここで笑ったりしたら確実に拗ねると思うので、我慢だ我慢。

「「じゅんびばんたん！」」

《ばんた～ん》

おやつで休憩した後、僕達はいよいよボス部屋へと入った。

「あれは……メタルラクーンか？」

いつものように扉が閉まった途端、光が発生し、それが収まるとボスである魔物が現れた。

現れたのは、メタルラクーン。

簡単に刃物が通らないような頑丈な毛皮を持つ、二メートルくらいのタヌキかアライグマのような魔物だ。

「アレンがやりたい！」

「エレナがたおす～」

「随分とやる気だな～。他のみんながいいな——」

《《《《《いいよ～》》》》》

ジュール達が問題ないなら構わないと言おうとすると、僕の言葉を遮るようにジュール達が同意した。あ、ラジアン以外が……だな。ラジアンは《なーに？》と言いたげに首を傾げていた。

「まあ、ラジアンが戦うには早そうな魔物だから……アレン、エレナ、行っておいで。くれぐれも怪我はするなよ」

「「はーい、いってきまーす！」」

メタルラクーンはボスだと言うのに、アレンとエレナはこれまたあっさり倒してしまい、十階層は一日も掛からないで攻略を終えた。

◇　◇　◇

「「あったかい！」」

「そうだな、ちょっと暑いな～」
八、九、十階層をほぼ一日で攻略した僕達は、少し長めの睡眠を取ってから十一階層に来た。本当はキリがいいのでまた街に戻ろうかと思ったのだが、全員から強固に反対されて攻略を続行することになった。
十一階層は、今まで通ってきた奇数階層よりも少し気温が上がっていそうだ。
同じくらいだという情報だったが、多少は違うようだな。こまめに水分補給の休憩を忘れないようにしなくちゃいけないな。
《うわ～、暑いね～》
《そうね》

《あつ〜い》
ジュール、フィート、ラジアンが少し辛そうだ。
「大丈夫か？　どうする？　影に戻っているか？」
《ん〜、ここはまだ大丈夫かな。これ以上暑くなるなら、大人しく影に入る〜》
《そうね。まだ我慢できるくらいだわ》
《……むぅ〜》
ジュールとフィートは戻る気はないようだが、ラジアンは迷っているようだ。
「ラジアン、無理する必要はないよ」
《……いっしょがいい〜》
自分だけ影に戻るのは嫌なようだ。
「ジュール、氷魔法で小さい粒の氷は出せるか？」
《小さいの？　すぐに溶けちゃうよ？》
「溶けてもいいんだ。できればかき氷みたいなもの。もしくは雪を降らすことはできないかな？」
僕はシルのお陰でいろんな魔法を使えるが、残念ながら氷魔法は使えない。なので、ジュールにお願いしてみた。ただ、ぱらぱらと降る雪を魔法で出せるかはわからないけどな。
《ああ、そういうこと！　それ、涼しそうだね。雪か〜。吹雪《ふぶき》じゃ駄目だよね〜。猛吹雪ならしたことあるんだけど〜」

「さすがに猛吹雪は止めて」
《ははは～》
……涼む前に凍《こご》える気配がするな～。
《えっと……あっ！　良い魔法があった！　――〈アイスミスト〉》
少し考え込んでいたジュールは何かを思いついたようで、魔法を使うと周囲に粉雪が舞う。
《お、上手くいったね。これ、本当は相手の視界を奪う魔法だけど、弱めの魔法にしたら涼むのにちょうどいいね》
「お、いい感じだね！　ジュール、さすがだね！」
本当なら真っ白で周囲が見えなくなるくらいの雪が舞うのだろうか。ジュールの調整のお蔭で良い感じに涼しくなった。
「「おぉ～、きれい～」」
《すずしくなった～。ジュールおにーちゃん、すごーい！　ありがとう！》
《どういたしまして。でも、自分で言うのも何だけど、これいいね。これからは時々使って涼めるようにしよう》
《そうね。ジュール、お願いするわ》
涼む手段を手に入れた僕達は、さくさくと進んだ。
「「おにぃちゃーん、たからばこがあった～」」

《あった～》

宝箱があったようだ。アレンとエレナ、ラジアンが嬉しそうに叫んでいる。

「罠がないか調べるから、まだ開けるなよ～」

「「《は～い》」」

僕が宝箱を確認して問題ないとわかると、子供達はすぐさま開ける。

「「《ん～？　これなーに？》」」

「どれ？　これは……指輪とかを入れる巾着《きんちゃく》か？」

宝箱の中身は、せいぜい硬貨が一枚入るかどうかの小さな巾着だった。

《巾着ってなに？》

《形的に袋じゃないかしら？》

《小さいですね》

《これ、なにも入らないよね？》

《宝石が一個とかなら入るの？》

ジュール達も集まってきて、宝箱を覗き込み、巾着の使い道を考えている。

「――え!?　あ！」

そして巾着を【鑑定】で見てみた僕は、思わず声を上げた。

《お兄ちゃん、どうしたの？》

「これ、マジックバッグだ！」
《まあ！　そんなに小さいマジックバッグもあるのね〜》
「そうだね。というか、鞄の形ですらないしね」
より詳しく調べてみると、小さな部屋に入れられるくらいの容量で、時間経過の遅延機能はまったくないようだ。
「残念。機能はそれほどでもないな〜」
《あまり入らないってこと？》
「小部屋くらいだな。時間の遅延もなしだ」
《そうか。そう簡単には機能の良いマジックバッグやマジックリングは手に入らないってことか》
「そういうことだな。あ、でも……これ、マイルが持つにはちょうど良さそうな大きさかな？　――マイル、持ち歩くなら紐《ひも》を付けてあげるけど、どうする？」
あまり機能は良いとは言えないが、ちょっと紐を付けたりして調整したら、マイルの斜め掛けのポシェットになりそうではないか？　マイルは小さいせいでものを運んだりするのが大変だから、これがあれば多少は楽になるだろう。
《いいの？　それなら持つの！》
「もちろん、いいよ。ちょっと待ってな」
あまり種類はないが、《無限収納《インベントリ》》に紐が何種類かあったはずだ。あ、リボンでも良いかも。

「マイル、どれがいい？」

《えっとね、マジックバッグは茶色だから……これがいいの！》

「わかった。えっと、長さは……このくらいね」

僕は早速、マイルの選んだベージュの紐をマジックバッグに縫い付ける。

これくらいなら、僕にもできる。というか、裁縫《さいほう》道具一式も持っていて良かったな〜。

「こんな感じでどうかな？」

《良い感じなの！　タクミ兄、ありがとうなの！》

マイルは嬉しそうに、首から下げていた笛をマジックバッグに入れていた。

「食材とかは腐るから持たせられないけど、それ以外の必要そうなものは持ってもらうようにするか〜。あっ！　そういえば、ボルトにも何も持たせていなかったな！」

輸送に便利！　とか思っていたから、生活必需品とか緊急用の道具とかを渡すのを忘れていたよ！

タオルに皮袋、籠や空瓶とか、使えるかどうかはわからないけどナイフとか、水筒の魔道具、発光弾、発煙弾《はつえんだん》、発火石は必要だな。劣化しづらい薬とかも持たせよう。あとは、人魚の腕輪もボルトとマイルには自分達で管理してもらっても良いし……何かあった時のためにいくらかお金も持っていてもらってもいいだろう。

……ちょっと考えただけでもこれだけの品が出るんだな〜。

「ここで荷物整理を始めるわけにはいかないし……――よし！　みんな、さくさく十一階層を攻略するよ！」

「「《《《《はーい》》》》」」

僕の要望通りさくさくと十一階層を攻略し、その後はみんなであれこれと考えながら荷物整理をした。


十二階層もわりとさくさくと攻略した僕達は、十三階層に来ていた。

「「おいついた～」」

「え？　追いついた？　……って、もしかして、ジークさん達のこと？」

「「そう！」」

アレンとエレナは、ジークさん達『氷刃』パーティに追いつくつもりだったようだ。

……どうりで、どの階層もかなりさくさくと先に進むと思ったよ。

「……ただ単にさくさく行きたい気分だったんじゃないんだな」

じっくりとその階層を探索する時と、次の階層を素早く見つける時……子供達はその時々で行動が違うので、今はさくさくの気分だと思っていた。

「一緒に攻略をしたかったの？」

「「うん！　いっしょにいく～」」

「そうか。ジークさん達も今頃この階層のどこかにいるとは思うけど……見つかるかな？」

「「みつけるよ～」」

アレンとエレナはやる気満々な様子で歩き出した。

……たぶんだけど、見つかるんだろうな～。

そう思っていると、十三階層の探索途中、アレンとエレナが『氷刃』パーティを見事に発見した。

「「いた！」」

「うわ～、本当に見つけたよ～……」

僕が想定していた以上に早くね。

「「「「えっ⁉」」」」

声を掛けられたジークさん達のほうは、驚きからか口をがっぽり開けて固まっていた。

「はぁあああー⁉　いやいやいや、ちょっと待て！　何でここにいる！」

「「こうりゃくした～」」

「そうだよな。攻略しなきゃここにいないよな⁉　って、そういうことじゃない！　嘘だろう⁉

どんな裏技を使ったんだ⁉」

「うらわざー？」

「それなーに？」

僕達に声を掛けられたジークさんは、絶賛混乱中である。

「『おにぃちゃん、うらわざなーに？』」

「えっと、裏技っていうのは……人に知られていない方法とか、普通じゃない技のこと……かな？」

裏技とは……と改めて聞かれると、意外と説明が難しい。この説明で大丈夫だよな？

「『じゃあ、うらわざちがーう！』」

「ああ、うん……そうなるのかな～？」

極端《きょくたん》に早いだけで、隠し通路とかを使ってショートカットしたわけじゃないので、僕達の行動は裏技とは言わないかな？

「ジークさん、ウォーレンさん、ここら辺に幻覚作用のある物質があるんじゃないですか⁉」

「そんなものはなかったと思うぞ」

「なかったな」

「いやいやいや、幻覚にしないでください。僕達は本物ですよ」

「『ほんものだよ～』」

ワルドさんが周りをキョロキョロと見ながら、ジークさんとウォーレンさんに注意を促している。

あれは……怪しい植物とかそういうのを探しているんだろうか？

というか、幻覚で片づけられるのはちょっと嫌だな～。

「信じられないが……タクミ達がここにいるのは事実だしな～。絶対におかしいけどな！」

「そうだな。只者《ただもの》じゃないというか、規格外だということは街で話した時からわかっていたが、私達が思っていた以上に規格外だったようだ」

「ウォーレン、タクミの規格外っぷりは本当に異常でデタラメだが、こんな時まで冷静に分析するなよ！」

「ジーク、こんな時だからこそ冷静さを欠いては駄目だぞ」

「……」

ジークさんとウォーレンさんの会話に、僕は割り込んで突っ込みを入れたほうがいいか悩むところだ。またしても言われている内容がなかなか酷い。

「本人の目の前でそこまで言いますか!?」

「本当のことだろう？」

「本当のことでもですよ！」

〝規格外〟という言葉は結構な人に言われているけど、言われて何とも思わないわけではない。できれば声には出さず、心の中で思っているだけに留めてほしい。

「「おにぃちゃん、いじめられたー？」」

「いや……虐められているわけでは……ない？　ないよな？　――え、ジークさん、ウォーレンさん、わざと弄《いじ》っています？」

「「ははっ！」」

ジークさんとウォーレンさんが笑い出した。

どうやら弄られていたようだ。

「酷いな～」

「すまん、すまん。タクミの〝ああ、またか～〟みたいな反応が面白くてな～」

「しかし、うんざりするほど〝規格外〟と言われているようだな」

「「いわれてる～」」

アレンとエレナがにこやかに笑いながら返答する。まあ、〝規格外〟っていう言葉は、基準や枠に収まらないだけで、別に侮蔑《ぶべつ》の意味ではないから……にこやかでもいいのかな？

「アレンとエレナがジークさん達と一緒に攻略がしたいって言ってここまで来たんです。というわけで、一緒に行きましょう。さあ、どんどん行きましょう！」

「「いこう、いこう！」」

「アレン、エレナ、どっち？」

「「あっちー！」」

「はいはい、皆さん、行きますよ～」

こうなったらジークさん達を思いっ切り振り回そうと思い、僕は主導権を握ってジークさん達を進むように促す。

そして歩き始めてしばらくすると、子供達が声を上げる。

「「あったー！」」

「ん？　何があったんだ？」

「かいだん～」

「あったよ～」

「「「「はぁ!?」」」」

十四階層に行くための階段が見つかったようだ。

「まさか！　本当に!?」

「……間違いなく階段だな」

「こんなにあっさり見つかるものですかっ!?」

「うわ～、もう十三階層を攻略しちゃったよ～」

「凄いですね～」

ジークさん達五人は、階段を見つめながら呆然としていた。

「それじゃあ、今日はこのまま転移装置のところで休んで、明日は十四階層の攻略に行くっていうことでいいですか？」

「あ、ああ……」

本当ならジークさん達は街に戻るタイミングなのだろうが、呆然としていることを良いことに先に進むことを了承させる。

「アレン、エレナ、良かったね。明日も一緒に行ってくれるって」

「「わ～い」」
《アレンとエレナ、嬉しそうだね～。それにしても、やっぱり他人と行動するって、気をつけなきゃいけないことが変わってくるね～》
《そうね。私達だけじゃなく、違う人と一緒に行動する経験も大事ってことね》
《身内だけだと気づかないことも、いつもと違うことで気づくこともありますからね》
《うぅ～、オレはもっと暴れたい～》
《ベクトル、今は大人しくしているの！》
『クルル～？』
ジュール達も影には戻らずに一緒に行動しているが、子供達が他人と行動する経験のために大人しくしてくれていた。

翌日、僕達はあっさり一日で十四階層を攻略した。

「まさかこんなことになるなんて思ってもみなかった……」

「「「「……」」」」

ジークさんの呟きに、他の四人は無言で頷くばかりだ。

ジークさん達はずっと口が開きっぱなしだった。……暑いので口が乾かないか心配になるが、子供達に水分補給をさせている時にはちゃんとジークさん達も水分補給をしているから大丈夫かな？

「「がんばるぞ～」」

さらに翌日、僕達は十五階層へと向かっていた。

「「むぅ～」」

しかし十五階層に入った途端、アレンとエレナが突然顔をしかめて不機嫌そうな表情になった。

「アレン、エレナ、どうした？」

「「おさけのにおいがする～」」

「え、本当？　あ、本当だね。微かにするな」

アレンとエレナが言わなかったら気づかなかったくらい、仄《ほの》かな匂いだ。

「俺達には全然わからないぞ」

ジークさん達は感じないようで、全員が首を傾げていた。

「こっちかな？」

「「うん、あっち～……いくの？」」

「できれば行きたいな。嫌？」

「「……しようがないな～」」

「ふふっ、ありがとう」

子供達は嫌かもしれないが、もしかしたら新しいお酒があるかもしれないので確認しに行くことにした。

「あ、ここから匂いがするな」

十五階層の入り口がある岩山に沿って歩くと、はっきりと匂いがわかる場所に辿り着いた。

「岩の中かな？」

「「かくしべやー？」」

「かべ、こわすー？」

「あな、あけるー？」

「……とりあえず調べようね」

隠し部屋に入る扉を何度か壊して入ったことがあるので、子供達は最初から破壊を提案してくる。

さすがに止めたけどね。

「「あっ！」」

アレンとエレナがぼこぼこした岩肌をペチペチ叩いていると、ある箇所がへこんだ。

すると、大きな音を立てて岩が動き、そこにぽっかり人が通れるくらいの穴ができた。

「「おぉ～」」

「からくりか？　凄いな」

僕は感心するが、アレンとエレナは顔をしかめていた。

「「すごいけど、や～」」

「ん？　ああ、お酒の匂いが強くなったもんな。ちょっと見てくるから、ジュール達とここで待っていて」

穴の中はお酒の匂いが充満していそうなので、子供達にはここで待っていてもらうことにした。

「「はやくね」」

「わかった。――ジークさん達も行きましょう？」

「あ、ああ。いや、ちょっと待て」

僕がジークさん達全員と中に入ろうとすると、ジークさんが待ったを掛け、ワルドさんとニックくんを子供達と一緒にこの場に残してくれることになった。

「あった、あった。あれだな」

中は僕達四人が入っても大丈夫そうな空洞で、空洞の中央には水瓶《みずがめ》を持った女性の像があった。

そして、女性の持つ水瓶から透明な水が流れていた。

「瓶《かめ》から流れているのが酒か？　匂いは間違いなく酒だが……持ち帰って調べたほうがいいな」

「そうだな。それが確実だ」

「あ、僕が【鑑定】で調べます」

そうか。これだけお酒の匂いをぷんぷんさせていても単純に「酒を見つけた！」とはならないんだな。通常は負担にならない分の液体を回収して持ち帰り、調べてもらって、何か判明してから本格的に採取……という流れになるのだろう。お酒に見せかけた毒……という可能性もあるしな。

まあ、僕もわからないものはまず【鑑定】で調べるし、当然の行動だな。

「これは……ウォッカっていう火酒《かしゅ》に分類されるお酒ですね。かなりアルコール度数も高いです」

「火酒か！　それも聞いたことのない酒だな！」

あ、ウォッカって出回っていないお酒なんだな。

僕はほぼ飲んだことがないが、名前には馴染みがあったので、下手なことを口走る前に知れて良かったよ～。

「新しい酒なら高値で売れますね。しかも、この階層ならしばらくは俺達が占領《せんりょう》できる！」

情報を公開するしないにかかわらず、この階層に来られるのは、今のところ『氷刃』パーティと僕達だけなので、オスカーさんが言うようにほぼ独占状態だな。

しかも、十五階層に入ってすぐのところなので、汲《く》みに来るのはとても簡単だしな。とても良い収入源になることだろう。


「「こっち～」」

とりあえず、僕は大量に、ジークさん達は荷物を圧迫しない程度にウォッカを汲んでから改めて十五階層の攻略に戻った僕達は、アレンとエレナの先導で歩いていた。

「そうそう、ジークさん、さっきのお酒が汲める場所ですが、あそこは『氷刃』パーティで好きにして構いませんからね。秘匿して独占しつつ荒稼ぎするも、場所の情報を売るのも自由です。でも、今のところ僕達以外でこの階層に来られる人がいないから、情報を公開する意味はないかな？」

「「「「はぁ!?」」」」

僕は歩きながら、先ほど見つけた隠し部屋の扱いについて伝えた。

すると、何故かジークさん達は目を見開き、驚愕したような表情をしていた。

「いやいやいや！　タクミ……何を言っているんだ？」

「え、だって、僕達はこの迷宮にずっといるわけじゃないですからね。ジークさん達の都合の良いようにするのが一番じゃないですか。あ、僕達が偶に来てお酒を汲む権利だけはくださいね」

僕は好きな時にウォッカを汲みに来ることができるだけでいい。

ウォッカって僕はあまり飲まないので、そんなに減るような気がしないけど。

でも、トリスタン様やライオネル様、ヴァルトさんとかは飲むかな？　あと、リヴァイアサンのカイザーもお酒好きっぽいから、そこそこ消費するのかな？

そんなことを考えていると、ジークさんが慌てたように声を上げる。

「いやいやいや！　それじゃ駄目だろう！」

「何がです？　僕が汲みに来るのがですか？」

「そこじゃない！　その前の話だ！　俺達の好きにしてっていうところだ！」

「ああ、そっちですか？　え、駄目なんですか？　僕が良いって言っているのに？」

「ああ、駄目だな」

まあ、こういう反応が返ってくるのは予想していた。

……予想の何割かは、「いいのか？　ありがとよ！」で終わらないかな～……とか思っていたけど、駄目だったようだ。

「じゃあ、一定期間ごとに王都のルーウェン伯爵家にウォッカを送る手配をしてくれませんか？　手間賃と配達料は支払いますから」

「そこは俺達に支払いを負担するように言うところだろうが！　どうして、タクミが負担するんだ!?　というか、伯爵家って言ったか!?　タクミ達は貴族だったのかっ!?」

「いえ、僕達は違いますよ。ルーウェン家は僕達の後ろ盾の家なんです……あ、そうなると、リスナー家にも送ったほうがいいか。追加でベイリーの街のリスナー伯爵家にも配達をお願いします！」

「……タクミ、情報が多すぎだ」

ジークさん達は疲れ切った顔をしていたが、最終的にはジークさん達が汲んできたウォッカをルーウェン家とリスナー家に届ける手続きを請け負うことで決まった。

「ありがたく稼がせてもらいつつ、しっかりと配達の手配はするよ」

「お願いします」

最低でもルーウェン家には五樽《たる》、リスナー家には二樽を毎月送ってくれることになった。あ、ルーウェン家のほうが多いのは、王家に渡す分も含まれているからだ。

樽数も送る回数も最低の基準で、月二回のこともあれば、樽数が多くなることもある。街に戻ってからウォッカを冒険者ギルドに見せ、どう取り扱うとか……新発見のお酒で取引価格すら決まっていないものなので、ジークさん達の状況に応じて変動することになる。

とりあえず、僕は定期的にお酒が届くことを忘れずに二家に知らせておくだけだな。

あ、もしかしたら販売云々でライオネル様が関わりたいと言うかもしれないので、お城のほうに手紙を出そう。転移の魔道具が早速役に立つな。


「「みつけた～」」

「うわっ！　ジークさん、あれ、ボス部屋の扉です」

あれこれと話し合っているうちに、アレンとエレナが十五階層のボス部屋を見つけたようだ。

「もう見つけたのか⁉」

「もう、と言ってもそこそこの距離は歩いているから、一直線に辿り着いたというのが正しいんだろうな」

「無駄がなさすぎるだろう⁉」

「ははは～、それでどうします？　このまま入りますか？」

道中の戦闘はほぼアレンとエレナ、ジュール達が引き受けていた……というか、掻《か》っ攫《さら》っていたので、ジークさん達もそんなに疲労していなかった。なので、少し休息してからボス部屋に入ることになった。

「「カメだ～」」

「……こいつかよ～」

「倒しづらい魔物が登場しましたね」

十五階層のボスは、Ｂランクのヒートアーケロン。三、四メートルくらいの亀の魔物だった。

ジークさんはうんざりした表情をしていた。亀の魔物だから、きっと固い魔物なのだろう。

「っ！　蒸気《じょうき》が来るぞ！」

「掠《かす》るのもヤバイぞ！　しっかり距離を取れ！」

先制攻撃とばかりに、ヒートアーケロンが自身の甲羅にある穴から蒸気を噴射する。

『氷刃』の面々の慌てぶりからすると、たぶん、百度以上はありそうだ。

「アレン、エレナ、大丈夫か⁉」

「だいじょうぶ～」

「よけた～」

ジークさんとウォーレンさんの注意をしっかりと聞いていたらしく、子供達はしっかりと蒸気を避けていた。

「「でもね～、ベクトルが～」」

「ベクトル？」

《お兄ちゃん、ベクトルがあそこで思いっ切り蒸気を被っているよ～》

「はぁー!?」

アレンとエレナの言葉を引き継ぐようにジュールが言うと、僕はすぐにベクトルの姿を探した。

すると、ベクトルはヒートアーケロンの近くで気持ち良さそうにしていた。

「……おーい、ベクトル。大丈夫なのか?」

《うん、とっても気持ちいい～》

「……」

そうか。ベクトルの毛は刃物とかを通さないだけでなく、熱にも強いのか。

……心配するだけ無駄だったようだ。

「えっと……作戦はどうします?」

「そのことなんだが……タクミ達だけで倒せそうなんだろう? それなら俺達は見学でいいか? 俺達は作戦を練って、今度改めて挑戦するから。ああ、もちろん、ドロップアイテムもいらないから、頼むわ」

「ジークさん達がそれでいいなら、僕達が……ーというか、誰が行く?」

ジークさん達は後日、自分達の力だけで戦いたいらしい。見学を申し出てきたので、僕達で戦うことにした。

《固そうだから、物理より魔法だよね～。あと、火攻めより水攻めと氷攻めってところかな? というわけで、お兄ちゃん、ボクとアレンとエレナで行っていい?》

「「がんばる～」」
《えぇ～》
ジュールの言葉に、アレンもエレナも頷いている。
ベクトルだけは反対しているが、ジュールの言い分が正しそうだったので、子供達とジュールに任せることにした。
《アレン、エレナ、一気に片づけよう！》
「「はーい！　――《ウォータージェット》」」
《《フリーズ》》
アレンとエレナがヒートアーケロンに向けて水流を放出すると、追ってジュールが氷結の魔法を使う。すると、水に覆われたヒートアーケロンが凍りついた。
《これでどうだ？》
「「どうだ？」」
しかし、ヒートアーケロンの周りの氷にピキピキとヒビが入っていく。そして、最終的に完全に氷が砕け散った。
《おぉ、意外としぶといね～》
「「でも、よわってる？」」
《そうだね。攻撃はちゃんと効いているみたいだから、もう一度やったら氷漬けにできるかな？》

「「やろうやろう！　――《ウォータージェット》」

《《フリーズ》》

氷漬けから脱出したヒートアーケロンは先ほどに比べて動きが鈍く、確実に弱っていたため、アレンとエレナ、ジュールはもう一度同じく方法を使う。

《今度は大丈夫そうかな？》

「「たおした～」」

無事にヒートアーケロンの氷像が完成した。

《倒したね～。倒したけど……ドロップアイテムにならないね？　何でだろう？　生きている？》

「「あれ～？」」

しかし、何故か倒したはずのヒートアーケロンが消えてドロップアイテムにならなかった。……倒し切れていない？　氷の中で生きているとかかな？

すると、ジークさんが驚いたように声を上げた。

「うおっ！　これってもしかして迷宮からの贈りものか！」

「迷宮からの贈りもの？　何ですかそれは……」

「理由はわからないが、こういう風にドロップアイテムにならずに死骸《しがい》が残ることが偶にあってな。それを〝迷宮からの贈りもの〟って言うんだ」

「そんなこともあるんですね～」

へぇ～、ドロップアイテムにならないことなんてあるのか。しかも〝迷宮からの贈りもの〟なんて名前がついているとはね。

迷宮がエラーを起こしたってことなのかな？　それともご褒美みたいなものなのかな？

とにかく、あの氷漬けのヒートアーケロンは、氷の中で生きているわけでなく全部が戦利品ということなのだろう。

「どれどれ」

「「なくなった～」」

試しに《無限収納《インベントリ》》に入れてみたら、普通に収納された。生きものを入れられない《無限収納《インベントリ》》に入ったってことは、やはり倒していたということだな。

「ちゃんと死んでいるみたいだね。アレン、エレナ、ジュール、お疲れ様」

《良かった。ちゃんと倒していたんだね。ボク、迷宮であんなこともあるなんて知らなかったよ》

「「しらなかった～」」

「だな。ジークさん達が一緒の時に知れて良かったよ」

もともと迷宮は不思議なところだし、もう一つ不思議が増えたところで何てことないんだが、僕達だけの時だったらもっと混乱していただろう。なので、ちょうど良いタイミングで知れて本当に良かったよ。

「さてと、とりあえず、十六階層の様子見だけをして街に戻りますか？」

「ああ、そうだな。そうしよう」

さすがにこれ以上ジークさん達に無理させるわけにはいかないので、十六階層の様子見だけをして街に帰ることにした。

「うわ～、これは暑いっすね～」

十六階層に入った途端、オスカーさんがうんざりした様子で呟いた。

ここまでよりもさらに気温が上がっているからな。これはさらに攻略が難しそうになるだろう。

「ん～、アレン、エレナ、この迷宮はもう終わりにしないか？」

「「えぇ～、おわり～？」」

「うん、僕達は何とか耐えられそうではあるけど、みんなが辛そうだしな。迷宮に行くこと自体は止めないから、別の上級迷宮に行こうよ」

「「うぅ～……わかった～」」

子供達が納得してくれたため、僕達は十五階層で『灼熱の迷宮』の攻略を止め、あとはジークさん達に任せることにした。

とはいっても、彼らもしばらくは十三から十五階層をもう少し散策するつもりらしいので、攻略自体は十五階層で止まる。まあ、過去の記録には並んで、先の情報はないので慎重に行くことは大事だろうし、そもそもウォッカの件で忙しくなる可能性もある訳だし、妥当《だとう》な判断だろう。

それから僕達は、転移装置を使って、地上へと戻る。

「タクミ、何かあったらすぐに連絡して来いよ。その時は力になるからな」

「ははは〜、その時はよろしくお願いします」

騒ぎに巻き込まれそうな予感がしたため、僕達は冒険者ギルドには近寄らないことにした。

街に戻った僕達は、ジークさん達とは別れを済ませて宿に向かうのだった。

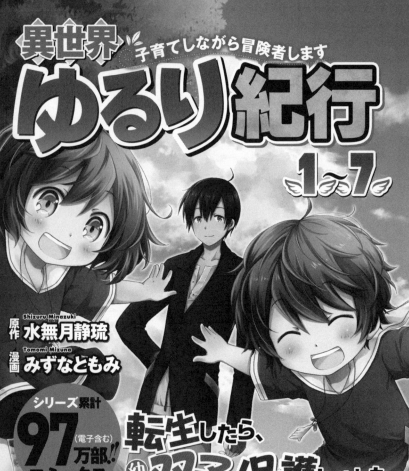

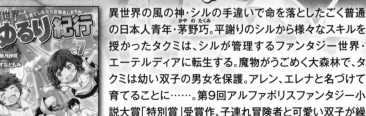

若き天才技術士《エンジニア》、クリス・オロックリンは、卓越したセンスで仲間の武器を修理してきたが、無能のそしりを受けて殺されかけてしまう。諍いの中でダンジョンの深部へと落下した彼が出会ったのは——少女の姿をした兵器だった！　壊れていた彼女をクリスが修理すると、意識を取り戻してこう言った。「命令して、クリス。今のあたしは、あんたの武器なんだから」　カムナと名乗る機械少女と共に、クリスの本当の冒険が幕を開ける——！

●定価：1320円（10％税込）　●ISBN：978-4-434-32649-3　●Illustration：妖怪名取

辺境伯家次男は
転生チートライフを
楽しみたい
辺境伯家次男のやりすぎ
異世界ファンタジー!
著 ベルピー
【創生神の加護】でもりもり成長して、
のびのび
異世界暮らし!
友達はもふもふ
家族から溺愛
ひょんなことから異世界に転生した光也。辺境伯家の次男、クリフ・ボールドとして生を受けると、あこがれの異世界生活を思いっきり楽しむため、神様にもらったチートスキルを駆使してテンプレ的展開を喜々としてこなしていく。ついに「神童」と呼ばれるほどのステータスを手に入れ、規格外の成績で入学を果たした高校では、個性豊かなクラスメイトと学校生活満喫の予感……!? はたしてクリフは、理想の異世界生活を手に入れられるのか——!?
●定価:1320円(10%税込) ●ISBN 978-4-434-32482-6 ●illustration:Akaike
アルファポリス

型録《カタログ》通販から始まる、追放令嬢のスローライフ
呑兵衛和尚
Nonbeosyou
アルファポリス
第15回
ファンタジー小説大賞
ユニーク
異世界ライフ賞
受賞作!!
魔法の型録《カタログ》で手に入れた
異世界【ニッポン】の商品で大商人に!?
これがあれば
追放生活も楽勝です!
国一番の商会を持つ侯爵家の令嬢クリスティナは、その商才を妬んだ兄に陥れられ、追放されてしまう。旅にでも出ようかと考えていた彼女だったが、ひょんなことから特別なスキルを手に入れる。それは、異世界【ニッポン】から商品を取り寄せる魔法の型録《カタログ》、【シャーリィの魔導書】を読むことができる力だった。取り寄せた商品の珍しさに目を付けたクリスティナは、魔導書の力を使って旅商人になることを決意する。「目指せ実家超えの大商人、ですわ!」——駆け出し商人令嬢のサクセスストーリー、ここに開幕!
◉定価:1320円(10%税込) ISBN 978-4-434-32483-3 ◉illustration:nima
型録《カタログ》通販から始まる、追放令嬢のスローライフ
呑兵衛和尚
魔法の型録で手に入れた異世界【ニッポン】の商品で大商人に!?
これがあれば追放生活も楽勝です!
アルファポリス
アルファポリス第15回ファンタジー小説大賞「ユニーク異世界ライフ賞」受賞作!

この作品に対する皆様のご意見・ご感想をお待ちしております。

おハガキ・お手紙は以下の宛先にお送りください。

【宛先】

〒150-6008 東京都渋谷区恵比寿 4-20-3 恵比寿ガーデンプレイスタワー 8F
(株) アルファポリス　書籍感想係

メールフォームでのご意見・ご感想は右のＱＲコードから、
あるいは以下のワードで検索をかけてください。

アルファポリス　書籍の感想　検索

ご感想はこちらから

本書は Web サイト「アルファポリス」(https://www.alphapolis.co.jp/) に投稿されたものを、改稿、加筆のうえ、書籍化したものです。

異世界《いせかい》ゆるり紀行《きこう》 ～子育《こそだ》てしながら冒険者《ぼうけんしゃ》します～ 15

水無月静琉 (みなづきしずる)

2023年 9月 30日初版発行

編集ー村上達哉・芦田尚
編集長ー太田鉄平
発行者ー梶本雄介
発行所ー株式会社アルファポリス
〒150-6008 東京都渋谷区恵比寿4-20-3 恵比寿ガーデンプレイスタワー8F
TEL 03-6277-1601 (営業)　03-6277-1602 (編集)
URL https://www.alphapolis.co.jp/
発売元ー株式会社星雲社 (共同出版社・流通責任出版社)
〒112-0005 東京都文京区水道1-3-30
TEL 03-3868-3275
装丁・本文イラストーやまかわ
装丁デザインーAFTERGLOW
印刷ー中央精版印刷株式会社

価格はカバーに表示されてあります。

落丁乱丁の場合はアルファポリスまでご連絡ください。

送料は小社負担でお取り替えします。


ISBN978-4-434-32655-4 C0093